優游自適の生き方

安岡正篤著

黎明書房

優游自適の生き方

目次

春夏秋冬

目次

世と我

＊本扉題字・佐藤中処

春夏秋冬

屠《と》蘇《そ》喜言

屠　蘇

言ひ知らぬ　けさの心よ　昨日まで　くれゆく年を　何惜みけん

と蓮月尼（幕末京都の有名な隠者歌人）が詠《よ》んでいる。

人生の一面をよく捕えた歌である。人間はその場その場に拘泥《こうでい》すると悔恨ばかり多いが、少し視野を大にすると、またがらりと変るものである。

豊酒《とよみき》の　屠蘇に吾酔へば　鬼子ども　みな死ににけり　赤き青きも

と斎藤茂吉の歌にあるのを一見して微笑した。

われわれの腹中には、とかく赤鬼や青鬼の子倅《こせがれ》どもがごろごろしているものであるが、屠蘇きげんで、そ奴《やつ》らはみな消滅してしまう。

さてこの屠蘇なるものであるが、この頃はこれを知らぬ者が多くなった。洋酒しかのまぬ者が多くなったことも一因であろう。しかし、こういうゆかしい歴史的慣習はいつまでも持ち伝えたいものである。

屠蘇は酒に浸《ひた》し出して飲むものであるから、「とそ」といえば、たいていはその酒をさしていうことになっている。元来濶葉《かつよう》の草であるが、後世では肉桂、山椒《さんしょう》、白朮《びゃくじゅつ》、桔梗《ききょう》、防風などを調合したもので、初唐の名医・遜思邈《そんしばく》の処方という。これを酒に浸出して飲むと病気を除くという。元日にこれを年の少《わか》いものから先に飲むのが習いである。この風習は唐代から始まると伝えられている。

一説では屠蘇は人の名か庵名かとされている。古漢《いにしえかん》の景帝の時、一草庵の中に住んでいた人があって、毎年除夜になると、その村里の人々に一包の薬を与え、これを嚢《ふくろ》に容《い》れて、井水のなかに浸《ひた》して置かせ、元旦になると、水をきって酒壺のなかに置かせ、家中の者が飲むと一切の病気を払うということを教えた。その人の名がわからなくて、ただ屠蘇というだけだと伝えている（歳華紀麗）。屠には「ほふる」「ころす」の意の外に「別つ」という意もあるから、病魔を屠って、あるいは身体から別って生命を蘇《よみがえ》らすという意もあるのであろうか。何《なん》にしろこんな伝説はおもしろい。

屠蘇に酔ふ　吾子《あこ》青年の顔《かんばせ》に　柳原良子・夏草

屠蘇酌《く》むや　酌に立ちたる　愛娘　上川井梨葉・愛吟

など楽しい句である。これに反して、

老いしかな　むざんに出でし　屠蘇の酔　高橋潤・春燈

となっては笑う悲哀とでも申そうか。

酔のいろいろ

屠蘇のついでにいろいろの酔を列挙してみよう。

まずほろよいは「微酔」が一番多く用いられている。ふかざけは「沈酔」。元気よく議論などして酔うのは「轟酔」（くわうすい・ごうすい）という。べろべろに酔うのは「爛《らん》酔」で、普通これを「泥酔」というが、これはちょっとちがう。泥《でい》はシナから南方へかけて往ったことのある人々はよく知っているが、泥中に住んでいる虫や魚で、旱魃《かんばつ》には一塊の泥のようで、水を得ると、ピチピチ動き出す。西洋人の記録にも to dig fish 魚を掘るなどとあるが、それでつまり、酔いどれ本性違《たが》わず。ちゃんと正気をもっている油断のならない酔いどれが泥酔である。酔って乱れるのはもちろん「乱酔」、酒に酔ったように人に惚れこむのは「心酔」。これは良い言葉である。人に心酔できるような人は良い人に相違ない。酔えない人間はおもしろくないが、とくに心酔を解しない人間はもっともつまらないと思う。

玉山頽

心酔のついでに「玉山頽《くず》る」という語をあげる。これも好きな言葉である。竹林七賢の一人・山濤《さんとう》が同じ仲間の嵆康《けいこう》（叔夜）を評して、「叔夜の人となりや、巖々として孤松の独立せるがごとく、その酔ふや玉山の頽れんとするが如し」といったことから弘まった語であるが、人物のよく出来た人の酔った姿は快いものである。

酔ったり笑ったりする何でもないことに人がらというものはよく現れるもので、酔態など理性の抑制力のなくなるにつれて出るものであるから、正にその人の本性を現ずるものということができよう。だから酔っての上のことはひっこみがつかぬから、苦労人のはからいで、「何分にも酒の上のことで」と容赦することにしたのである。味のあるはからいといわねばならぬ。

酒嚢・飯袋・糞土言

唐の憑殷《ひょういん》、湖広地方に封ぜられて楚《そ》王と称し、贅沢して威張りちらすばかりで、文武の道など一向顧みなかった。そこで時の人々は彼のことを酒嚢《さかぶくろ》、飯袋《めしぶくろ》とあだなをつけて軽蔑した。いつの世も案外名士などというものの中にこういう者が多い。共に話をしても、味もそっけもない。こういう者の会話を「糞土の言」と『左伝《さでん》』などに記している。人間こんなことにならぬよう、年頭から心して勉強したいものである。

松　竹　梅

話がいつしか下落したので、一転、春らしい松竹梅に返ることにする。私が長生きして閑を得たら道楽してみたいことの一つに松竹梅の研究がある。それほど三つとも好きである。この三者に関する和漢文芸だけでも、それこそ心酔に値いするものが多い。それは別として日本人が正月に松竹梅をめでたがるのは、ただに趣味の上からだけではなく、生活にともなう智慧が、松竹梅の養生に対する効用を良く知ったことも一因であろうと思う。この頃も松葉を粉末にして服用する者の多いことは周知のことであるが、竹の脂《やに》もいろいろの薬効がある。竹筒を切って、それで卵を煎ったり、魚を煮たりすると、風味があって、栄養になる。梅は梅干としてその効験の顕著なことは、もはや漢方にとどまらず洋医・洋薬家の方でも周知のことである。

朝こそすべて！ There is only the morning in all things. というが、新年はまず毎朝、梅干番茶を食前に玩味することから実行するのがめでたい。（昭和四十一年一月）

年の始の歌語り

一

私は歌よみではないから、歌のことはよく知らないが、歌は好きである。平生哲学や国家の問題で肩の凝《こ》ることが多いから、時に静坐して独《ひと》り杯を傾ける時など、よく和歌や俳句や漢詩などを渉猟《しょうりょう》して楽しむ。この正月も賀客相手に一夜さは、物騒な話はやめにしてせめて酔談に世を忘れたいと、はや年の暮れから忘年の歌書など座辺に集めて置いた。

　これをして　かれをしをへて　かくしてと　歳の首《はじめ》は　たのしかりけり　佐久良東雄

作家は幕末の有名な歌人で、愛国の歌が多いが、この歌はまことによく人情の正を表現し得て共鳴する。それにつけても、思えばいつのまにか私も数えて六十一歳、世のいわゆる還暦の春を迎えたことになる。別に姿も気力も変りはせぬが、変化の激しかった時代に、

よく生きたものだとつくづく感慨を催すことだけは免れない。貝原益軒《かいばらえきけん》晩年の歌に

来しかたは　一夜ばかりの　こゝちして　八十ぢあまりの　夢を見しかな

とあるが、確かに私も「来しかたは　一夜ばかりの　心地して　六十路ばかりの　夢を見しかな」である。夢ばかりではない、

思ふこと　一つも神に　勤めをへず　今日やまかるか　あたら此の世を　平田篤胤《あつたね》

とは辞世の歌であるが、私の心は

思ふこと　一つも神に　勤めをへず　又新年を　恵まれにけり

といわねばならない。さて見わたせば私の身の回りにもずいぶん苦しんでいる人々が多い。私の肝に銘じている歌の一つに、

すめくにの　年のはじめの　祈りには　貧しき人に　耻あらしむな　岡野直七郎

というのがある。この作者は岡山県赤磐の人で、前田夕暮や尾上柴舟に学び、大正から昭和にかけて歌の雑誌など刊行したことしか私にはわかっていない。歌もこれ一首しか私は知らない。あれこれ思えば思うほど恥多いが、老来ただ一誠字を知ることができた。「心だに　誠の道に　かなひなば　祈らずとても　神や守らん」という有名な古歌を翻して伊勢貞丈は

心だに　誠の道に　たがひなば　祈ればとても　神は守らじ

と詠《うた》っている。この方、世の人々に痛切である。

二

ある人来って現代日本を痛罵し、瑞西《スイス》を説き瑞典《スウェーデン》を語る。聞いているうちにいろいろの歌を思いだした。

わびぬれど　我が庵《いほ》なれば　かへるなり　心やすきを　思出にして　良寛和尚

わが庵をわが国としてもよい、祖国としてもよい。この頃資本の外国逃避を企てたり、ハワイあたりに家を持つ人もあると聞くが、確かに今の日本はわびしいことが多いけれども、やっぱり我が国を逃げるのは誠でない。

病ある　獣のごとき　わが心　ふるさとのこと　聞けばおとなし　石川啄木

この頃、病ある獣のごとき心の人間が狂奔しているが、しみじみ祖国のことを聞いておとなしくならぬものか。

久方の　天なる道を　現世《うつしよ》に　行ふがために　我が国は立てり　香取秀真《ほつま》

作者は子規門下、鋳金美術の大家である。こういう理想・信念なくして民族は興らない。

芸術も栄えない。私は人麿《ひとまろ》の次の歌をよく朗誦する。

葦原《あしはら》の　水穂《みずほ》の国は　神ながら　言挙《ことあげ》せぬ国　然《しか》れども　言挙ぞ吾がする　言幸《さき》く　真福《まさき》くませと　恙《つつが》なく　福《さき》く坐《いま》さば　荒磯浪《ありそ》　ありても見むと　百重波《ももえ》　千重浪《ちえ》にしき　言挙す吾は　言挙す吾は

反歌

敷島《しきしま》の　日本《やまと》の国は　言霊《ことだま》の　佐《たす》くる国ぞ　まさきくありこそ

「荒磯浪」は「ありても見む」のありにかけた枕詞《まくらことば》で、「千重浪にしき」は繁くで、御無事に幸福でいらっしゃいましたら、こうしてまたお目にかかれましょうから、幾重にも言しげく、お祝辞を申上げるというのである。その言霊のこの頃の衰えはてたことはどうしたことであるか。

あめつちの　道の誠は　あめつちと　共にさかゆく　国にのこれり　大国隆正

あめつちを　つらぬくものは　人ごとに　もちて生まれし　誠なりけり　同　前

今の世いかにありとも、浅はかに悲歌怨望《えんぼう》することはあるまい。

事しあらば　火にも水にも　入りぬべし　明日はな思ひ　後は後のこと　尾山篤二郎

と熱血歌人も詠じている。「明日はな」のなは禁止の辞で、明日をくよくよするなの意である。一期一会《ごえ》、永遠の今に生きるがよい。親鸞《しんらん》は嬉しいことをいっている、「一人ゐて喜ばば二人と思ふべし。二人ゐて喜ばば三人と思ふべし。その一人は親鸞なり」（臨末の御書）と。

ひとりある　時はふたりと　思ふべし　このみさとしに　たよるたふとさ　土岐善麿

そこでやはり欲しいものは良い友である。もっとも、

友無きは　さびしかりけり　然《しか》りとて　心うち合はぬ　友も欲しなし　橘　曙覧《あけみ》

であるが、

わが忍ぶ　同じ心の　友もがな　そのかずかずを　言ひ出でて見む　後村上天皇

もろともに　たずけかはして　むつびあふ　友ぞ世に立つ　力なるべき　明治天皇

は永遠の真情である。孤独を愛した良寛も、

世の中に　おなじ心の　人もがな　草の庵に　一夜語らん

同じくは　あらぬ世までも　共にせむ　日は限りあり　事はつきせじ

と詠《うた》っている。

思ふどち　語りあふ夜は　世の憂《う》さを　嘆きあひても　楽しかりけり　野村望東尼

は常々体験することであるが、

魂《たま》合へる　友と語れば　悪《あ》しざまに　言はるゝさへも　をかしかりけり　　黒川真頼

で、これなども実に妙味がある。

現代、貴い意味での友誼《ゆうぎ》が廃《すた》れてきていることは、人間のために、容易ならぬ問題である。忘年の交などは今日こそ昔よりも盛んにならねばならぬことである。この頃文明のおかげで、活動年齢は昔より二十年ぐらい延びている。昔の五十は今の七十。今や七十・八十も世に立って一向壮者と異ならない。その半面、世界は激しい変革の時期となって、大いに青年の活動を期待せねばならぬ。こういう時に当然若くしてすでに立派に人物ができている若者と、老いても一向衰えないでき上った大人とが、年齢や地位身分を忘れて、人間的に共鳴しあうようなことがなければならないのである。忘年の交という成語は、漢末の禰衡《でいこう》が二十歳頃、当時すでに五十歳の大家孔融《こうゆう》と深く交わっていたことを『漢書《かんじょ》』に記していることから世に知られたとされている。別に忘形の交という熟語もある。これは『唐《とう》書《じょ》』の孟郊《もうこう》伝に、狷介《けんかい》でめったに人と合わなかった孟郊が、韓退之《かんたいし》とは形骸を忘れてうち融け合ったことをいうのであるが、何もこんなことは古人を待つまでもない。始終あることで、現代においてこそ当然盛んに有るべくして、また世の進歩のために必要でもある。

しかしそれよりさらに必要で、かつ当然大いに有るべきだと思われるのは、意気情熱の盛んな青年同志の交わりである。松下村塾におけるあの若き師弟朋友間の熱烈な道誼がいかに世を動かしたことであろう。

中国の歴史を点検すると、革命創業の時にあたっては、よく英邁《えいまい》な青年が、十代二十代で堂々自ら盟主となって、多くの若い人材を、糾合《きゅうごう》結盟していることに感嘆する。現代人もよく知る『三国志』の中の若き天才的英雄児・呉の孫策は十余歳すでに多くの同志的人材と交結しておった。唐の太宗・李世民《りせいみん》も太原に在って十八歳、隠然として若き人材の盟主であった。そんな特殊な例は一般に通用せぬという考えもあろうが、それは一を知って二を知らぬものである。人間の本質である徳性と基本的知能は非常に幼少の時からいちじるしく発達して、十七、八歳が頂上である。道徳的意識はもう四歳頃から始まり七歳頃には大体の型が定まる。その頃から道徳的感情が敏感に作用する。注意力・判断力・理解力・記憶力・想像力などもその頃から十三、四歳頃までにぐんぐん伸び、それからはテンポが緩《ゆる》くなって、十八ぐらいまでは発達する。普通の児童でも、教養よろしきを得れば、それ相応に立派な大丈夫となれるのである。少青年の人格は楽器にひとしい。それは弾奏する者によって、いかなる音楽にもなって、人を感動させる。牛溲《しゅう》(牛の小便)馬勃《ぼっ》(馬の糞)敗鼓(敗れ太鼓)の皮も名医の手によれば薬になる。ここに人物の結習の秘義がある。

昭和五年、といえば日本はまだ夢にも敗戦降伏など知らなかった頃であるが、その頃内村鑑三の弟子で、早く世を去った熱烈な信者の藤井武が、「亡びよ」という一篇の詩を賦した。

日本は興りつゝあるのか、
それとも亡びつゝあるのか。
わが愛する国は祝福の中にあるのか、
それとも呪詛《じゅそ》の中にか。
興りつゝあると私は信じた、
祝福の中にあると私は想うた。
然《しか》し実際此国に正義を愛し公道を行はうとする政治家の唯一人もゐない。
真理そのものを慕ふ魂の如きは草むらを分けても見当らない。
青年は永遠を忘れて、鶏のやうに地上をあさり、
をとめは真珠を踏みつける豚よりも愚かな恥づべきことをする。
彼等の偽らぬ会話が凡《およ》そ何であるかを、
去年の夏のある夜、私はさる野原で、隣のテントからゆくりなく漏れ聞いた。

私は自分のテントの中に坐して身震ひした。

翌早朝私は突然テントをたゝみ、私の子女の手をとつて、ソドムから出たロトのやうに、其処《そこ》を逃げだした。

その日以来日本の滅亡の幻影が目から消えない。

日本は確かに滅びつゝある。


（中略）


わが愛する祖国の名は遠からず地から拭《ぬぐ》はれるであらう。

鰐《わに》がこれを呑《の》むであらう。

亡びよ、この汚れた処女の国、この意気地なき青年の国！

この真理を愛することを知らぬ獣と虫けらの国よ、亡びよ！

こんな国に何の未練もなく逝つたと云《い》つてくれと遺言した私の恩師の心情に、私は熱涙を以《もつ》て無条件に同感する。

嗚呼《ああ》禍なるかな、真理にそむく人よ国よ、
嗚呼主よ、願はくは御心を成したまへ！

私はこれを読んで暗然とした。決して詩人一片の狂熱激語と感じなかった。不幸にして日本はその後果して——今さらいうまでもない。年の始に、これは楽しくもない話である。

いかさまに　身はくだくとも　むらぎもの　心はゆたに　あるべかりけり

これは昭憲皇太后の御歌である。（昭和三十三年一月）

春は何処《いずこ》より

一

明治天皇の御製は天下周知であるが、大正天皇が漢詩を好んでお作りになったことは世にほとんど知られていない。侍講の三島中洲が記している中に、次のような御製がある。

積水連天足大觀　　積水　天に連《つらな》り大観に足る
衆川流注湧波瀾　　衆川《しゅうせん》　流注して波瀾《はらん》わく
由來治國在修德　　由来　国を治むるは徳を修むるにあり
德量祇應如海寛　　徳量ただまさに海の如《ごと》く寛《ひろ》かるべし

中洲は御製に奉和して、

萬水朝宗作壯觀　　万水　朝宗して壮観をなす

大波瀾又小波瀾大波瀾また小波瀾
仰欽兩聖如符節仰ぎつつしむ両聖　符節の如きを
或擬大空或海寛或《ある》いは大空に擬《ぎ》し或いは海寛
と賦している。その両聖符節のごとし云々《うんぬん》とは、もちろん明治天皇の有名な御製、「浅みどり　澄みわたりたる　大空の　ひろきをおのが　心ともがな」をいうのであるが、この御製を彼は詩に詠じて大正天皇に奉っている。
紹述政煩勞聖襟紹術《しょうじゅつ》　政煩《わずら》はしく聖襟《せいきん》を労す
萬機餘暇講筵臨万機《ばんき》の余暇　講筵《こうえん》に臨む
先皇有訓勝經傳先皇　訓有り経伝にまさる
一碧大空爲朕心一碧《いっぺき》　大空　朕《ちん》が心となす
「由来国を治むるは徳を修むるに在り」とは古来、東洋伝統の根本的な政治哲学信念であった。徳を治めることは、なによりも私を去ることであった。その私を去る極致に到達したものが日本の皇道であり、このゆえに日本の皇室は他国の王室のような姓を持たれぬものになった。民衆のような私生活はとうてい天皇に許されぬことになった。「年々に　思ひやれども　山水を　くみて遊ばん　夏なかりけり」という明治天皇の御製に、国民はみな感激して頭を垂《た》れた。衆生を済度しようと悲願する僧は出家した。クリスト教徒は十字架の前にひざまずくのである。解放々々というて、皆が私生活を享楽することばかりを賛美して、一体世の中はどうなるであろうか。世の中が頽廃《たいはい》して、それで私生活がいつまで楽しめるであろうか。ごく見やすいことがしだいにわからなくなってきている。危い世の中である。

二

天台宗権僧正《ごんのそうじょう》という法位をもつただ一人の外国人であるジャック・ブリンクリー氏が最近の東京人、とくに青年学生を評して、江戸っ子も変った。学生の変り方はとくにひどい。戦前の学生は地味で、探求心が強く、伝統の良さを正しく活かそうと努力していた。今の学生は伝統もなければ、特色もない。落着きもなければ、礼儀も知らない。ことに正しい日本語を知らない、英語を習う前に日本語を習いなさいといっている。

恥ずかしながらその通りである。民族の春である青年学生の世界に、この頃は何という殺風景なものが流行することか。しかしこれは成人の世界も同じことで、真に穢《え》国・悪国ということを感ずる。西田幾多郎博士晩年の歌に、「しみじみと　この人世を　厭《いと》ひけり

けふこのごろの　冬の日のごと」とあるが、今生きていたならば、なんと思うことであろうか。この精神的頽廃を一掃して、国民ことに青年子弟を奮起さすことができねば、日本は滅亡のほかあるまい。

元《げん》に圧迫された南宋《なんそう》の末、その危局を痛憂した陳習庵は、時の理宗皇帝に意見書を奉った中にいっている。「今日の敝《へい》、人心の合はざる、紀綱の振はざる、風俗の淳ならざるより大なるはなし。国は敝《やぶ》れ人は愉《たの》しんで而《しこう》して救ふべからず。願はくば陛下之を養ふに正を以てし、之を励ますに実を以てし、之に涖《のぞ》むに明を以てし、之を断ずるに武を以てせよ」と。また、「乞ふ、君側の蠱媚《こび》を去り、以て主の徳を正さん。天下の公論に従つて以て庶政を新にせん」と切言している。蠱《こ》はいわゆる虫がつくことで、蠱媚とは虫が喰うように媚び入ることであるが、この頃は全く世に蠱媚する進歩的文化人なるもののいかに多いことであろう。

指導者たちはまた何事も輿《よ》論々々といって、自家の信念と責任を問わない。輿は衆人の載るところであるから、輿論は衆論のことであるが、衆論必ずしも正しくはない。俗論もあれば愚論もある。とくに左翼理論などになると、僻《へき》論・曲論・誣《ふ》論が多くて、容易に正論を得ない。ましてマスコミの工作のために、しばしば輿論の名の下に、とんでもない邪説暴論が横行する。むしろ声無き民の声に公論がある。これを観じて、いかに庶政を一新するか。今が正にその重大時機である。

しかるに「人間は小事に対しては敏感であるが、大事に対して無感覚であることは、不思議な倒錯である」とパスカルも書いているように、なかなか大事を解しない。解するかにみえる時は萎縮してしまう。ここにおいて気概や胆識ある人が大切である。清末の大儒に孫詒譲《そんいじょう》という人があったが、論客の章太炎《しょうたいえん》に、老いた自分に見識の見るべきものがあるなら、それは胆だといった。そして苟《いやし》くも大俠無ければ仁義も無気力になり、世事も学問もみな要するに軽薄児の自ら媚びるに過ぎぬものとなると喝破《かっぱ》している。この頃のジャーナリズムに躍る文化人等が事毎《ごと》に論じたてるその思想行動は、正に自ら媚びるのははなはだしいものである。もっと声無き民の声に応じ、天の口に代って信念を吐露する大俠が出てこねばだめである。仏も只是《ただこ》れ一个《いっこ》有血性的男児と仏印《ぶっちん》禅師は蘇東坡《そとうば》に説いている。皇太子も総理大臣も只是れ一个有血性的男児であってほしい。

うつし世は　さびし　まがなし　わが霊《たま》を　ゆるがす人に　未だ逢はなくに

わが胸の　結ぼるゝ日に　只一目　見ば和《なご》みなむ　聖《ひじり》は無きや

花田比露志の歌である。

三

胆のない人間にかぎってむしのいいことを考えるものである。ポントス王ミトリダテスは、人類が死滅しても自分だけは生き残れるようにと、地上のあらゆる毒を少しずつ呑んで、免毒性を得たといわれている。ローマと戦って自殺したが、日本には利口で愚かな小ミトリダテスが沢山おるようである。いけないと知りながら、自分だけは巧《うま》くやろうと、あちらにもこちらにも少しずつわたりをつけて、身の安全を計っている人間などもその亜流であろう。およそ現代の都市人というものがそういうものかも知れない。何とか生き長らえて楽しみたいと、あらゆる文明の毒物を少しずつ摂《と》り入れて、免疫性、実は慢性的疾患にかかっている人々のなんと多いことであろう。彼らに与えられようとするパンドラの玉手箱がある。プロメテウスに火を盗まれた大神ゼウスが人間に災いを降そうとして妖しい女神のパンドラを創り、玉手箱を与えて降した。この玉手箱はめったに開けてはならぬ、実は好い時に開けろというのであるが、パンドラが蓋を開けると、怪気濛々《もうもう》、いろいろな物の怪《け》の姿が髣髴《ほうふつ》として現れたので、吃驚《びっくり》した彼女がやっと蓋をした時はもう後の祭り、人間に仇なす災いはすっかり外に出てしまって、ただのろまの希望Elpisだけが封じこまれて残ったという。このギリシャ神話の有名なパンドラの玉手箱を、今や国際共産革命政府は解放とか平和の美名で飾って日本に降している。万一この蓋を開けたら、妖気濛々あらゆる不祥事が続出して、ついに救うことのできない悲劇的終末を招くであろう。我々は正気になって光を求め、日本の春を迎えねばならぬ。(昭和三十四年一月)

年頭漫記

年頭の賀客と賀酒に疲れて、というよりも、新年の成り行きを案じる人々の議論に疲れて、一夜、黙々と独《ひと》り坐って、現代離れした晋唐《しんとう》の小説を読み耽った。なかなかおもしろい。それこそ好い recreation である。しかも気軽く読むほどに、案外、示唆や感興が多くて、そのままにして置けず、ノートにいくつかを採録してみた。

益易の道

漢の武帝が神仙不死の道を求めて西王母《せいおうぼ》や上元夫人から教を受けることを書いた『漢武内伝』を久ぶりにおもしろく読み返すうち、ふと「益易の道」の一語が改めてまた脳裏に印した。人生はこれでなければいけない。西王母曰《いわ》く、「それ身を修めんと欲すれば、当《まさ》にその気を営むべし。『太仙真経』にいはゆる益易の道を行ふなり。益とは精を益すなり。易とは形を易ふるなり。能《よ》く益し能く易《か》ふれば名・仙籍に上り、益さず易へざれば死厄《しやく》を離れず」と。東洋哲学はすべて要するに益易の道を説くもので、無限の創造変化に徹しようとするものである。しかるに人間は全くこの反対である。たえず精を損じ、区々たる形に捕えられて動きがとれないのである。

西王母が武帝のために招いた上元夫人は天女の統領であるが、夫人は武帝の求道の成功せぬ原因を直言して、「汝《なんじ》、胎性は暴、胎性は淫、胎性は奢《しや》、胎性は酷、胎性は賊なり。五つのもの恒《つね》に営衛の中、五臓の内に舎《やど》る。良箴《しん》を獲《う》といへども固《もと》より愈《い》え難《がた》し。この五事はみな是《こ》れ身を截《き》るの刀鋸《とうきょ》にして、命を刳《えぐ》るの斧斤なり。復《ま》た志・長生を好むといへども、この五難を遣《や》る能《あた》はずんばまた何すれぞ性を損じて自ら労せんや」と指摘している。営衛とは生命の機能のことである。つまりお前は永遠の生を求めるが、お前の腹の中にある本性は暴であり、淫であり、奢であり、酷であり、賊である。この五つのものを去らねば、いくら自分を抑えて努力してみたところがだめだというのである。暴は粗暴、おちつきがなくて荒々しいこと。淫は節度、しまりがなくて欲をほしいままにすること。奢は分を超えた欲求の満足であり、酷は仁愛に反すること。賊は物の生命をそこなうことである。こういわれてみれば、まことに近代文明の胎性そのものがこの通りではないか。現代人からこの五事を去らねば真の自由も平和も幸福も得られるわけはない。『漢武内伝』からとんだ米ソのことまで連想が及んだ始末である。

小友

小友とは小さい友人である。子供に似合わぬ良くできていて、負うた子に教えられということもあるが、年を忘れて感心させられるような少年をいうのである。国が勃興《ぼっこう》する時には必ず小友があるように思う。

李泌《りひつ》は中唐の名宰相で、異人であるが、『李泌伝』に、彼が少年の時、有名な張九齢《ちょうきゅうれい》が小い彼からよく一本参らされて、ついに彼を小友と呼んだということがある。七歳の時、玄宗の前で詩を作らされ、方・円・動・静を詠《うた》えといわれて、

方如行義　　方は義を行ふ如《ごと》く
圓如用智　　円は智を用ふる如く
動如逞才　　動は才を逞《たくま》しうする如く
静如遂意　　静は意を遂《と》ぐる如し

と答えて大いに帝たちを驚かし、聖代の嘉瑞《かずい》と悦《よろこ》ばれたという。あまり良くできすぎてい

るが、とにかく勝れた少年の出ることほど頼もしいものはない。玄宗は彼を太子忠王（のちの肅宗）の学友として任官しようとしたが受けず、太子と平民づきあい（布衣の交）をし、太子は常に彼を先生と読んで尊敬した。しかるに佞臣楊国忠《ねいしんようこくちゅう》に忌《い》まれて、見透しのきく彼はさっさと袂を払って隠棲してしまったが、太子が即位すると直ちに彼を招いて、昔ながらの賓友として形影相随《したが》い軍国の機務、一として彼に相談せぬことはなかった。次の代宗も徳宗もみな彼の教を受け、徳宗は彼を宰相としてとくに輔弼《ほひつ》を受けることが多かった。朕が即位以来、大臣連のすることはみな一次逃れ（姑息）で、政道の相談ができなかったが、卿《きみ》を用いてからというものは心がはればれする（豁意）ようになった。これこそ、天の賜物であると述懐している。いつの世も難かしくなると、大臣連は一次逃《のが》れをやるものと見える。今日の政治も、こんなことで一体世の中はどうなることかと気がもめてならぬが、それこそわれわれの「意を豁《ひろ》うす」るような宰相が欲しいもので、そういう人物になるように小友を養ってくれる卿師がまた必要である。幕末上州安中の名侯・板倉綽山《しゃくざん》もその「水雲問答」中にこの李泌を推称している。

恐妻

恐妻ということが新聞雑誌に吹聴されて、世間の話題を賑《にぎ》わしているが、これは小友と違って、どうも衰世の兆ではないかと思われる。孟啓の『本事詩』によると、唐の中宗の朝に、御史大夫《ぎょし》の裴談《はいだん》は仏教信仰家であったが、妻は嫉妬《やきもち》やきの悍《たけ》々しい女であった。談は彼女を厳君《おやじ》のように畏《おそ》れた。あるとき彼は人に語って、妻に畏るべきものが三つある。若い時は生菩薩《ぼさつ》のように見えるが、伜《せがれ》や娘が沢山できると、ちょうど九子魔母（仏説に出てくる九子母）のようで、九子母の恐ろしくない者はなかろう。五十六十になって、薄化粧したり、あるいは暗がりでこれを見ると、鳩槃茶《くはんだ》（形の醜い悪神）のようだ。誰だって鳩槃茶は畏ろしかろうといった。ただ中宗の宴に、俳優が歌って「婦を怕《おそ》れるのは大いに好い」といっているから、その点も古今渝《かわ》りはないようである。

心死

唐の名相・李靖《りせい》（衛公）の若い頃の逸話を書いた『虬髯客伝《きゅうぜん》』は実に痛快な文章である。彼がまだ無名の書生の頃、時の大権力家の楊素《ようそ》に謁《えつ》して堂々と国事を談した。その侍女の紅払《こうふつ》がこの一書生にすぎぬ客が将来大物になることを洞見して、夜、主家を抜け出して彼の家に投じ、共に太原に帰ろうとして、途中『虬髯《みずちひげ》を生《は》やした異人に逢《あ》った。この人物は李靖と語って大いに喜び、太原で李靖の話から青年・李世民（後の唐太宗）に会って、すっかり参ってしまい、真の天子なりと感歎して、ことごとく財宝を李靖に与え、世民を援《たす》けて大功を成さしめるという筋書であるが、読んでゆくうちに、うっかり現代自分の身辺にこういう人物はおらぬものかと首を拈《ひね》るようになる。

主家を逃げ出した美人の紅払を迎えてハラハラしておる李靖が、紅払に主人が恐くないかというと「屍居《しきょ》の余気畏《おそ》るるに足《た》らず」残骸のどうやら息しているだけなのが、なに恐いもんかと啖呵《たんか》きるところ、彼の肝を潰した顔を見るようである。その彼がさらに驚いたろうと思うのはその虬髯の客である。旅の宿に出会って共に酒を飲んでおると、ちょっとした酒の肴《さかな》があるが、一緒に食えるかねといいながら、革の嚢《ふくろ》からとり出したものは、なんと一人の頭と心臓・肝臓である。その頭を嚢に抛《ほう》りこんで匕首《あいくち》で心臓・肝臓の方を切って食うのであった。そして曰《いわ》く、この人物は天下の心に負《そむ》いた奴だ。今に見ろと思うこと十年、今始めてものにした。これで憾《うら》みも釈《と》けた。とまた李靖に向って、君の儀形器宇を観るに真の丈夫であるが、また太原に異人はおらぬかと尋ねて、李靖がそれこそ自分と同姓の李世民だといったその若き後の太宗・李世民を一見した虬髯客は「黙然末座に居り、これを見て心死す」とある。実に溜飲の下る文章である。心死するような人物に会ってみたいのが本当の男の恋というものであろう。

悪夢

李泌の撰として名高い「枕中記」は幾度読んでもおもしろい。唐の玄宗・開元十九年、道者の呂《りよ》翁、この呂という字は回の隠語で、回教徒のこととも いわれているが、趙《ちよう》の都の邯鄲《かんたん》に通ずる途上のある邑《むら》で、この翁に会った盧《ろ》という百姓青年が、粗末な身なりで頻《しきり》につまらなさをこぼした。お前のように健康な若者が何故そんなにつまらないのかと翁が問うと、彼はせっかく生れてきたんだから、やっぱり出世をして功名富貴、意のままにしたいもんだというちに眠くなってきた。そばでは店の主人が黄粱《こうりよう》(粟めし)を炊《た》いておる。翁は嚢の中から枕を出して、これをして寝れば功名富貴、意のままだと教えてくれた。それから彼の出世活動が始まり、波瀾万丈の生活の後、首尾よく位人臣の栄を極め、豪奢な享楽も恣《ほしいまま》にし、終りに病んで復《ま》た起たず。帝の優渥《ゆうあく》な詔を受けて息をひきとった――とたんに目が覚めて跳ね起きた彼は、ああ夢だったかと歎息した。店の主人の炊《た》いていた黄粱はまだでき上っていない。翁は笑っていった、「人世の事亦猶是の如し」《またなおかく》。盧生憮然《ぶぜん》たることやや久しうして、寵辱《ちょうじょく》の数、得喪の理、生死の情、皆わかりました。先生の教えを感謝しますと、再拝して去ったというのである。

天下盧生ならざる男があろうか。ただ盧生と違うところは夢の運が悪いことと、生きているあいだに覚めない点だ。本当に息をひきとってしまう点だ。「豈《あ》に其れ夢寐《むび》なるか」と覚めるところに哲学があり、文芸がある。それにしても現代はなんという大きな悪夢であろう。

中山の酒

中山の人狄希《てきき》、千日がかりで酒を造る。その酒を飲むとまた千日酔う。時に同州の人・玄石、無理に請うてその酒を飲み、家に帰れば、もう酔死しておった。そんなことを知らぬ家人は本当に死んだものと思って、泣く泣く埋葬したが、三年たって、思い出した狄希が、もう玄石も酒が醒めたろうとその家を訪ねてみたところが、これはしたり、埋葬してしまったということである。驚いてさっそく塚を掘らせ棺を開けさせてみると、ちょうど目を張り口を開いて、ああ愉快々々、よく酔わせてくれたもんだ。時にもう何時だい？　墓上の人みな笑ったが、彼の酒気がつんと鼻をついて、その連中もみな酔臥すること三月に及んだ。

これ有名な中山の酒の故事、晋の干宝の名作『捜神記』中の一篇の物語である、何だかおもしろくて堪《たま》らない。(昭和二十八年二月)

春の夜語り

この新春は諸方の同人より寄せられた思いがけぬ清恵を楽しんでおるが、中にも香川の端岡の末包《すえかね》種二翁の一門を訪ねた御縁で、同地の名物錦松一鉢を送られ、その偃蹇蒼古《えんけんそうこ》の態は朝夕往々思いを深山幽谷に誘ってくれる。そういう時に思いだすのは真山民《しんざんみん》(宋の隠逸詩人)の「山中の松」の詩である。

我愛山中松　　我は愛す山中の松
歳月歴已深　　歳月ふることすでに深し
氷雪凍不死　　氷雪《ひようせつ》凍ゆるも死なず
偃蹇岩之陰　　偃蹇《えんけん》す岩のかげに
雖然石底棄　　しかく石底にすてらると雖《いえど》も
幸免斧斤尋　　幸ひに免る斧斤の尋《じん》を

時々清風來　　時々清風来り
松頭自微吟　　松頭おのづから微吟す

この「我は愛す」の詩は現存の『真山民詩集』には「山中の雲」と「山中の月」、「山中の梅」と「山中の松」との四首あって、松の方が一番不出来と思われるが、それでもまた記憶に印して消えない。石底ではなく、貧士の家に棄てられたわけであるが、幸いに富貴の弄《ろう》を免ると思えば、この松もまた自ら微吟しておることであろう。「山中の月」は伊藤岳英氏や笹川鎮江夫人の朗吟でおなじみである。山中の梅の方は

我愛山中梅　　我は愛す山中の梅
根幹日以蒼　　根幹　日に以《もっ》て蒼《そう》なり
猶餘古顏色　　なお余す古顔色
不作時世粧　　なさず時世の粧
天寒空谷中　　天寒し空谷の中
澹焉守幽香　　澹焉《たんえん》として幽香を守る
寄聲語春風　　寄声して春風に語《つ》ぐ
此非桃李場　　これ桃李の場にあらず

声をかけて春風さんにおことわりするが、ここは世間の盛り場ではありません。モボ、モガやモゼ、モマの来るところではないのですという最後がやまである。実はその澹焉として幽香を守る古梅一鉢をまた中野了軒居士《こじ》よりおとどけいただいて、今この筆を執る今朝、二輪ゆかしく咲いたところである。さらにまた江戸英雄仁兄よりシクラメントの花を紅白二鉢頂戴《ちょうだい》した。こうなると花を護《まも》ることがなかなか苦労である。昔読んだ『梧窓詩話《ごそう》』の中に、薔薇の花盛りのある夜、俄《にわ》かに暴風雨となったが、蔽《おお》いをしてやる方法がない。あきらめて枕に就いたが、どうしても気になって眠れない。とうとう起きて、燭を秉《と》って花を見舞ったが、紅愁緑惨、俛《うな》首《だ》れて泣《なみだ》を垂《お》とし、訴うるが若《ごと》く、怨《うら》むが若《ごと》く、相見るに忍びず。寒を忍んで、引返すことができなかったという記事がある。そこに東坡《とうば》の詩を引いておるが、これが実に好い。

東風渺々泛崇光　　東風渺々《びょう》　崇光うかぶ
香霧空濛月轉廊　　香霧空濛《くうもう》　月・廊をめぐる
只恐夜深花睡去　　只《ただ》恐る夜深く花睡《ねむ》り去るを
故燒高燭照紅粧　　ことさらに高燭をたいて紅粧を照す

春風のそよふく中に気高くうかぶ花の姿、ほのかに罩《こ》めるさ霧の中に月影も傾いてきたが、夜ふけとともに花も睡ってしまうのではないかと惜しまるるままに、ことさらに燭をかかげて美しい花の粧を照してみるなど、いかにも情痴である。

同書にまた「花を惜しむ人」と「花に別れる人」とを説いて、能《よ》く花を惜しむ人も得難いが、能く花に別れる人もまた得難い。能く花に別れてこそ花を惜しむのである。白楽天の詩にも、「世間・花に別るる人有る少し」といい、「花に別るる人ならずんば花を看《み》せしむる莫《な》かれ」といっているのを引いて、花を弄《もてあそ》ぶ俗人を卑しんでおる。いかにも「能く花に別るる人」こそ有情である。美人に対するもまた同じ。美人を惜しんで、能く美人に別れる人こそもっとも能く美人を愛する者であろう。狎《な》れることは俗である。こういう美的心境は東洋に深く発達しておるものである。

花には実に好い詩が多いが、案外美人を詠じた詩に好いものは少ない。たいてい浅薄《せんぱく》か卑俗になってしまう。唐の権徳輿《けんとくよ》の作、

巫山雲雨洛川神　巫山《ふざん》の雲雨　洛川《らくせん》の神
珠襻香腰隠稱身　珠襻《はん》・香腰おだやかに身にかなふ
惆悵粧成君不見　惆悵《ちゅうちょう》す粧成つて君見えず
含情起立問傍人　情を含み起立して傍人に問ふ

など、好い方である。詩ばかりではない、実際美人というものは案外少ないのではなかろうか。美しいと思えば痴美であったり、妖美であったり、たまたまものをいえば興がさめるものが多い。肉体の美には、やはりそれだけの心の美がなければならぬ。むしろ心の美は顔貌の醜を化して秀とする。女にとって心を養い徳を磨くことは美人になる活きた芸術であろう――などといえば、女は女で、世に何と男なる者のつまらぬことよと嘆ずることであろう。そこで辛抱してやはり芸術や修養を愛することである。修養は禍を転じて福とする。芸術は醜を化して秀とする。

南阿の開拓者として有名なセシルローズは女嫌いといわれ、独身を続けた人であるが、彼の婦人観を私はまだ知らない。しかし察するに女嫌いではなくて、好きな女がなかったのであろう。その証拠に、彼はレイノルズの傑作で、「美しく貞淑な婦人」と題する肖像画を食堂の煖爐《だんろ》の上に懸けて、毎日食事の際それを眺めて楽しんでいた。そして時には客人にその画中の女を我が最愛の婦人といって紹介したということである。

西洋では独身の婦人をsingle blessing（独身の祝福）というが、セシルローズと逆に、崇高な男性の肖像を掲げて純潔を守る婦人もあってよい。案外あるのかも知れぬ。それは男女の世の中を美しくするであろう。

生きることは死にはぐれることoutliveであるという警語がある。現代は正に死にはぐれにひとしい生活者の何と多いことであろう。せっかく生きるからには、もっと美しく生きたいものである。せっかくの屠蘇《とそ》酔もどうやら醒《さ》めてきた。春早々何をやぼなと思う途端、ふと頭に浮かんだ和歌一首。

世の中は　ただ何となく　住むぞよき　心一つを　素直にはして　佐善雪渓

「栄華勢利輸人慣。贏得樽前見在身。栄華勢利は人に負け慣れて、かち得たり樽前見在の身」とは宋の田園詩人・范《はん》石湖の詩句である。出世だの、金儲けだの、てんで人の真似はできない。いつもいかれっ放しである。ただ儲けものは樽前見在の身、即ちちびりと飲《や》っている御覧の通りのこの自分自身だけでござるというわけであるが、ちょっとうれしい処《ところ》である。世をあげて中共ブームで騒いでおるが、別に毛さんや周さんの処に駈けつけるような気もなければ、お土産のお礼に気を使うこともない。吉田さんから鳩山さんに替ったとて、出るの引くのということもない。解散になろうが、選挙が始まろうが、煽りをくらって、少々塵ぐらいは蒙《こうむ》らざるを得ぬにしても、元来「青山もと動かず、白雲おのづから去来す」だ。――と悪悟りしておるのではない。応無所住而生其心（応《まさ》に住《とど》まる所なくして其の心を生ずべし）。実ははなはだ敏忙なのである。（昭和三十年二月）

対《つい》聯《れん》の妙

―現代社会に生きて―

「黒」といっても、「白」といっても、それだけでは別に注意を引かぬが、「黒白」といえば、双方が相待ってはっきりする。正に対照である。男だけ、女だけでは、人間はつまるまい。男女があって始めて生き生きする。自然の妙理である。一聯の対句を用いて、この対照の妙を発揮することは、古来東洋の文人が好んで行ったことである。とくに律詩《りっし》はこの対聯に苦心した。今でも神社・仏閣・門楹《もんえい》（柱に同じ）いたるところに対聯を残している。

話は一転するが、私は詩を作った後など、時々現代にその対照の妙の没《な》くなったことを淋しく思う。たとえば、そもそも男と女との別がはっきりしない。さんばら髪の、ずぼんをはいた女、こってり油でかためた頭髪に、色物のカーディガンを着た男など、後から見ていると、男か女かちょっとわからない。総じて男女の特徴が薄れている。

政治を例に引いても同様である。相待って政治に活を入れ、国民の心を鼓動させるような政党の対照がない。その奥に統一があり、表に相対しつつ、中に相待つものがあって始めて対聯であるが、自民党と社会党・共産党では全然内的統一がなく、いわゆる非連続性の甚《はなは》だしいものであって、問題にならない。産業でも、教育でも、何でも散漫・紛乱している。

しかしそんなことを今この貴重な誌面に多言するを欲しない。今夜は本誌巻頭の一聯にちなんで、対聯の傑作を思い出づるがままにとりあげて誌友に餞《おく》ろうと思うのである。先だって日韓関係のある会合に挨拶を頼まれ、話中有名な清の戯曲『桃花扇』の一句を引用した。

國讐猶可恕　　国の讐《あだ》は猶《なお》ゆるすべし
私怨最難消　　私の怨は最も消し難《がた》し

皆ぐっとくるであろう。片方だけではそうはこない。有名な南曲の傑作『琵琶記』の第三十齣《しゃく》に次のような一聯があって、忘られない。

夫妻且説三分話　　夫妻も且《まあ》三分の話を説《い》ふ
未可全抛一片心　　未《いま》だ一片の心を全く抛《なげう》つことをすべからず

夫婦の仲でもあけすけ話せるものでない。まず心中の三分ぐらいしか通じない。どちらかが深くて、一方が浅はかな時は、それは一番ひどかろう。打明けられぬ悩みを持った夫婦の間柄もそうだろう。何でも話しあえる夫婦というものほど幸福なものはない。一体人間同志というものが、案外話せぬものだ。あいつは話せぬという奴が何と多いことか。油断のならぬ人間、気の許せぬ人間が沢山おる。この一片の心をまる出し（全抛）にはできない——情無いことだが、人間の世は正にこの通りだ。「琵琶記」といえば、前記の次にこういうのがある。

酒逢知己千鍾少　　酒・知己に逢えば千鍾《しょう》も少なし
話不投機半句多　　話・機に投ぜざれば半句も多し

いかにも、自分をよく理解してくれている友と飲む酒は、いくら飲んでも足りない。話の一向ぴったりいかない相手とは、てんで口をきく気もせぬものだ。

眼を風光に転じて叙景をあげよう。いずれも『楹聯《えいれん》集錦』から拾って置いたものである。ちょうど今頃の景色を詠じたものであるが、

桃紅復含宿雨　　桃の紅はまた宿雨（ゆふべのあめ）を含み
柳緑更帯朝烟　　柳の緑はさらに朝烟《ちょうえん》（あしたのもや）を帯《お》ぶ

は何と新鮮な印象であろう。

種花密似連畦菜　　種ゑたる花は畦《あぜ》に連なる菜より密に
結屋寛於着岸船　　結びし屋は岸に着ける船よりも寛《ゆる》し

実にうまい。潮来《いたこ》あたりの風物をまざまざ連想させられる。

竹間楼小窓三面　　竹間・楼小にして窓三面
山裏人稀樹四隣　　山裏・人稀《まれ》にして樹四隣

覚えず深呼吸させられるではないか。三面四隣が良く対している。

日晩愛行深竹裏　　日くれ愛し行く深竹のうち
月明多上小橋頭　　月明かるくたびたび上る小橋の頭

誰しもこの覚えがあるであろう。

種樹如培佳子弟　　樹を種《う》うるは佳子弟をやしなふごとし。
擁書權拜小諸侯　　書を擁するは小諸侯を権《かり》に拝するなり

憎いほど好い。全く俗世間が厭《いや》になるほど樹を植えたくなるものだ。欲しい本を買いこんだ時など、小大名にでもなった気がする。この通りだ。

青天以水爲銅鏡　　青天・水を以《もっ》て銅鏡となす
白鷺前身是釣翁　　白鷺前身是《こ》れ釣翁《ちょうおう》

一唱三歎！　飛行機上から俯瞰《ふかん》する一湾はほんとに一面の青銅鏡である。そこにうかぶ白鷺、その前身は釣翁であったろうか！　牧水の歌よりこの方が好い。天童正覚臨終の偈《げ》に、「無幻空華《げ》　六十七年　白鳥湮没《いんもつ》　秋水連天」とあるが、好一対である。

心當有悟香微入　　心・悟有るに当《あた》つて香微《かす》かに入る

聖欲無言月自高　　聖・言無からんとして月 自《おのずか》ら高し

こういう深甚微妙な境地になってくると、ただ点頭する外あるまい。

對君眞意滿堦月　　君が真意に対するは満堦《かい》の月

酬我高情半榻書　　我が高情に酬ゆるは半榻《とう》の書

これより以上の何ものが要ろうか。そういう友はいかなる友ぞ。

相契外形迹　　相契　形迹《けいせき》を外にす

放懷無古今　　放懐　古今無し

お互いにしっくり合って、地位だの、閲歴など、そんなものは問題ではない。天地を観じ、歴史を察し、天人一如、古今洞然たるものだ。

名美尚欣聞過友　　名美にして尚《なお》欣《よろこ》ぶあやまちを聞《おし》ふる友

業高不廢等身書　　業高くして廃せず等身の書

うれしいことである。ちょっと有名になるとすぐ天狗になり、事業が忙しくなると一向書を読まぬような人間では何とも話にならぬ。

能將忙事成閑事　よく忙事をもって閑事となし
不薄今人愛古人　今人を薄《うと》んぜず古人を愛す

わかりました！　と言いたいところだ。もう一つある。

能將有事爲無事　よく有事をもって無事となせば
可以今人及古人　今人を以て古人に及ぶべし

どうやらお互いにやれそうではないか。

下筆千言正桂子香時槐花黃後　筆を下す千言、正に桂子香る時、槐花《かいか》黄ばむ後
出門一笑看西湖月滿東浙潮來　門を出でて一笑、看《み》る西湖月満ち、東浙《とうせつ》潮来るを

最後に一撈。

鶯々。燕々。翠《すい》々。紅々。處《しょ》々融々洽《こう》々。
雨々。風々。花々。草々。年々暮々朝々。

人生もこの一聯に外ならぬではないか。（昭和三十七年五月）

わがつれづれ草

喫煙

張厲生《ちようれいせい》大使時代、官邸である夜招宴の席上、煙草を勧められて紫煙をくゆらしながら、ふと対句《ついく》が浮かんだ。

妄想隨煙散　　妄想　煙にしたがって散じ
眞心與火明　　真心　火とともに明かるし

早速紙片に書いて見せると、大使は好々《ハオハオ》と大いに笑った。先日伴蒿蹊《ばんこうけい》の『閑田次筆』を読んでいたら、偶然隠元《いんげん》禅師の煙草の偈《げ》を発見して、おもしろく思った。

一管狼煙呑復吐　　一管の狼煙　呑《の》みまた吐く
恰如炎口鬼神身　　あたかも炎口　鬼神の身のごとし

當年鹿苑有斯草　　当年鹿苑《ろくえん》この草あらば
不説五辛説六辛　　五辛を説かず六辛を説きしならん

始めの二句で煙草の煙を吐いている人間の姿を大写しにして、仏がそのかみ例の鹿野苑《ろくやおん》におられた頃、煙草というものがあったら、恐らく五辛の誡《かい》に一つ加えて六辛を説かれたことであろうと。五辛とは梵網《ぼんもう》経や和漢三才図絵などで知られた大蒜《おおにんにく》・茖葱《おおにら》・慈葱《ひともじ》・蘭葱《にんにく》・興渠《こうく》の類のことである。煙草嫌いの人々にはいかにもおもしろい作である。不肖の作も好々ではないか。

不肖時に「きん煙」を宣言して、煙草を吸っていると、そばの者がにやりと笑ったことがあった。よって説いて曰《いわ》く、「余のきんに三きんあり。一に曰く禁。二に曰く謹、三に曰く欣。事実不肖はこの三きんを行うてこの頃自由自在」。これ亦《また》一興である。

束縛

陸象山語録《りくしょうざん》の中に不肖の気に入った一節があった。弟子の詹《せん》子南がどうも物事に捕らわれて窮屈でいけない。その「束縛の態」を責めて、彼は左の句を吟じて愉快がった。

翼乎如鴻毛遇風　　翼乎《こ》として鴻毛《こうもう》の風*にあふがごとし

*「風」の上に軽という

ような一字がぬけておると思われる。

沛《はい》乎として巨魚の大壑《たいがく》（たに）にほしいままにするごとし

沛乎若巨魚縦大壑

象山の風格が躍如としている。由来東洋的風格の一は此処《ここ》に在ると思う。生きるならば、喬松のごとく太陽に向って呼吸したい（煦嘘呼吸如喬松―漢・王褒・聖主得賢臣頌）。自由というものは人間に最も本質的な欲求である。これに反する「束縛の態」のもっとも甚だしいのは共産政権治下の人間であるが、いわゆる自由人・知識人の多くの者がその共産政権にむやみに阿諛《あゆ》迎合するのは実に不可解、否《いな》不可解でない、可解であるが、愚劣なことである。

わびの本意

自然の生意は実に微妙である。わびの本意とて利休が好んで口ずさんだという歌がある。

花をのみ　待つらん人に　山里の　雪まの草の　春を見せばや

実に絶唱であると思う。長い冬の間、閉じこめられる雪国に住む人々にはとくに感が深かろう。まだ消えやらぬ雪の間から、いつしか草の芽が萌え出しているのを発見するときほど天地の生意というものに感動を覚えることはあるまい。静寂の中に動く天地の心、それこそ実に茶道の妙意と利休は深い契悟を蔵していたのである。

利休をいえば、古田織部にもゆかしい造詣がある。これは冬の夜のつれづれに吟じた作とて、

契りありや　知らぬ深山《みやま》の　ふしくぬぎ　友となりぬる　閨《ねや》のうづみ火

（安楽庵策伝・醒睡笑）

詩禅一味というべきものであろう。天地有情、実に限りないものがある。元政《げんせい》上人もゆかしい人であるが、その歌

住までやは　霞も霧も　折々の　あはれこめたる　深草の里

山住の親友に書き送りたいと思う作である。

莫上高楼看柳色　高楼に上つて柳色を看《み》るなかれ

春愁多在暮山中　春愁多く暮山の中に在り（清・趙秋谷）

何というこまやかな情感であろう。

寥落故人誰得似　寥落《りょうらく》　故人　誰か似るを得たる

暁天星影暮天鴻　暁天の星影　暮天の鴻（清・黄景仁）

黄景仁は清初の青年詩人であるが、こうなると人間の詩魂に年齢などはないものと思わ

れる。

影法師

先夜更《ふ》けて帰り、わが家の門前に佇《たたず》んで、ふと地上にわが影を認めて、月を仰ぎながら念頭に思い浮かべた歌

月見に出づれば、われに随うて来る影法師あり。汝はわが影なるか、人の影なるかと問へば、返したる歌とて

我がかげを　われぞと思ふ　世の人に　ものいふ口は　もたぬ影法師

柳里恭（雲萍雑誌）の作である。その奇警に打たれる。いかにも世の人々は、地位だ、財産だ、名声だなどと、思えばわが影にすぎぬものを、これこそ我れとばかりに執着している。あさはかなことである。柳里恭は大和郡山・柳沢藩の重臣柳沢里恭《さととも》のこと、人に師たる芸が二十もあったといわれ博学多芸で、財を惜しまず芸能人を愛養し、池大雅《いけのたいが》など、いつまでも引き留められて帰してもらえず、夜逃げしたという、いろいろ逸話も多い風流韻士であるが、こういう道歌にもその風格が表れている。

独　遊

清末悲劇の碩学王国維《おうこくい》の『王観堂壬癸集《おうかんどうじんきしゅう》』を読む。中に昔遊の詩があり、その数句を思わず復誦した。

端居愛山水　　端居して山水を愛す
嬾性怯遊観　　嬾《らん》性　遊観におくる
同道是俗客　　同道これ俗客
獨遊興易闌　　独遊　興たけ易《やす》し

この頃日本を挙げての観光ブームで、いたるところ俗客群がり到りははなはだ殺風景である。さなきだに無精（嬾性）な者が、いよいよ以て遊観に出かけるのも臆劫《おっくう》になる。家にいて山水を愛するということになりやすい。出かけるとしても、俗客と同遊は情ない。それより独遊の方がどんなに興がのることか。

現代秀作

旅行の途次、つれづれに披見する新聞雑誌の中に、思わず瞳を凝《こ》らすような詩歌の秀作を発見することは実に楽しい。

すでに亡き　人とし知れど　そを想へば　なほ恥《やさ》しさに　冷汗の出づ　関根京平
言となり　出づれば浄し　それぞれの　腹にかくして　棄てがたき我意　照井親資
血統書は　牛馬にさへも　あるといふに　われは父より　その先を知らず　青木俊男
真実の　余韻のごとく　こゝろよし　われの非をつく　言の痛みは　丸山義夫

かつて私も閃々《せんせん》と稲光りする夏の一夜、縁側に坐して友人の時論を聞きながら

暑き夜の　稲妻のごと　快《こころよ》し　世の危機をさす　君が言の葉

と詠んだことがある。すこぶる相通ずるところがあって奇異の感がした。

大いなる　水がめのある　厨辺《くりやべ》を　炊《かし》ぎ継がんと　今日土間に立つ　山田てる子

というきめのこまかい、女ならではの歌にも感心するが、

時おきて　流星しげき　ところあり　暑き夜の空　近く妖《あや》しき　小島経彦

という作などそれこそ妖しき感動を覚える。

畑を打つ　翁尊く　見てすぎぬ　大橋永三郎
大寒の　鶺鴒《せきれい》が鳴く　岩襖《いわぶすま》　大塚正果
蜩《ひぐらし》の　翅《はね》光りたる　松の風　斎賀　勇

信仰に　生きる朝雨　白芙蓉《ふよう》　岡　栄子
流灯の　一つさまよふ　暁《あけ》の霧　篠　昭花
雲海に　月山《がっさん》の太鼓　鳴り出づる　得山賢美
夕紅葉　香積禅寺《こうしやくぜんじ》　魚板打つ　鈴木六風子
秋光の　しみ入る土を　耕せる　川口　進
雪山の　遠き夕日に　子守唄　浅井一志
蓮枯れて　日輪寂と　水の中　小勝亥十

など、まことに文芸のうれしさをしみじみ感じさせてもらったものである。

身を隠す　庵をよそに　尋ねつる　心の奥に　山はありけり

と夢窓国師《むそうこくし》は詠じている。

榮華勢利輸人慣　栄華勢利は人にまくる（負）になれて
贏得樽前見在身　かちえたり樽前見在（現在）の身

宋詩人范石湖《はんせきこ》の「七律親戚小集」の結句である。これもよいではないか。（昭和四十年六月）

銷夏清話《しょうかせいわ》

一

　この蒸し暑さと世の煩わしさの中に、くだらぬ長たらしい、理屈っぽい文章など書けたものではない。まして読めたものではなかろう――といって、棄ておくわけにもいかぬ義理であるからには、ちと楽しんで筆を取ろう。読者もいささか楽しんでくれることであろう。

　我れ不幸にして、否、幸いにして、後世に生れ、我がいいたいことはほとんどみな昔の人がいってくれている。

　暑き日や　心澄ませば　風の吹く　　桂丸
　丸裸　これほど暑き　ことはなし　　江丸

二人はどういう人々か知らぬが、全く同感である。

もろもろの　心柳に　まかすべし　　芭蕉
そこもとは　涼しさうなり　峯の松　　丈草

いかにもこういう風に生きてゆきたいと思う。

数ある夏の詩のなかで、私は南宋の詩人陸放翁《りくほうおう》の「早涼熟睡」が大好きである。

霊臺虚湛気和平　　霊台虚湛《たん》　気和平
投枕逡巡夢即成　　枕をおいて逡巡《しゅんじゅん》　夢すなはち成る
屋角鳴禽呼不覚　　屋角の鳴禽　呼べども覚めず
手中書冊墮有聲　　手中の書冊　おちて声あり
百年日月飛雙轂　　百年の日月　双轂《こく》とぶ
千古山河戰一杯　　千古の山河　一杯《べい》に戦ふ
頼有蓮峯遺老在　　さいわいに蓮峯遺老の在るあり
白雲深處主斉明　　白雲深き処もつぱら斉明《さいめい》

放翁の自注によると、これは廬山《ろざん》蓮華峰に高棲していた道人陳希夷を羨んだものである。

斉明は『中庸《ちゅうよう》』にもある周知の言葉で、なまぐさを斥け、潔斎《けっさい》して、清浄純一に生きることとをいう。俗世間はおおよそこれと異なる。時というものは全く車の走るようなものであり（轂は車輪の中心、輻《や》の集まるところ、車の称）、山河は常に人間どもが勝敗を争う場、いわば碁局《ごばん》のようなものである。（こういう句は和読するとどうもおもしろくない。やはり「飛雙轂」「戰一枰」が好い。）考えてみれば俗界というものは、何とあわただしいものか。ただその俗人にも睡眠というありがたい天恵がある。とくに涼風下にぐっすり眠るほど好いものはない。なに思うこともなく、のびのびと（霊台は心霊の坐る場、つまり身体である。虚湛は澄みきった水の深く湛えられている形容）横たわっているうちに、いつのまにか枕もはねのけて、うとうとと早も夢に落ちてしまった。軒先に鳴く鳥がいくら呼んでも覚めはせず、手に持っていた書冊がぽたりと落ちても御存知がない。——ユーモアがあり、深みがあり、こくがあって、まことに傑作である。私は昼寝がしたくなると、よくこの詩を思い出すのである。

もう一つ白楽天の「暑月貧家」の詩、これも好い。

紗巾角枕病眠翁　　紗巾《さきん》　角枕　病眠翁
忙少間多誰與同　　忙少なく間多く　誰かともに同じき
但有雙松當砌下　　ただ双松の砌下《せい》（石段のほとり）に当るあり
更無一事到心中　　更《さら》に一事の心中に到るなし

金章紫綬看如夢
早蓋朱輪別似空
暑月貧家何所有
客来唯贈北窓風

金章紫綬《しじゆ》 看《み》ること夢の如《ごと》し
早蓋《そうがい》（黒に同じ）朱輪 別して空《くう》に似たり
暑月貧家 何をか有する
客来ればただ贈る北窓の風

金章紫綬はおえら方の位勲《いくん》のしるし、早蓋朱輪は色とりどりの乗車のことであるが、そんなものは、もう夢の如く、空の如く、なんの興味もない。淡々として簷前《えんぜん》の二本松に対し、閑を愛し、清風を楽しむ。もっぱら地位を争い、豪華な車を乗り回す輩が少しこういう気持を持てば、どんなに世の中が涼しくなることであろう。

二

文明とは家族一緒に食卓を囲んで、苺を食べることである——という定義を何かで読んだ覚えがある。ちょっとおもしろいが、前掲の放翁が愛用し、放翁に心酔した河上肇《はじめ》氏もとりあげて共鳴している「窮奢《きゆうしや》」という言葉がある。貧乏人の贅沢——いろいろな新鮮な野菜のことである。夏の田園はいかなる貧士にも正に窮奢の趣きに恵まれる。

トマトを蕃茄というのはあまりに露骨であろう。赤茄子《なす》の方がまだおとなしい。六月柿というのも気が利かぬ。愛の林檎などとははなはだ気障《きざ》だ。もはやトマトで好《よ》かろう。

「ちっぽけなルビー・サファイヤ何するだ、おらがトマトや胡瓜見さっせ」と、ある農家青年の歌があると沼波瓊音《けいおん》氏に聞いたことがある。これ正しく窮奢である。

　みちのくに　病む母上に　いさゝかの　胡瓜をおくる　障《さわ》りあらすな　茂吉

きゅうりは旧約時代イスラエル人も作ったようだと別所梅之助氏が考証しておったのをおもしろく思った記憶がある。

茄子も夏になくてかなわぬ好物であるが、熊がこれを畏れるとはどういうものであろうか。

「茄子を見せて獲った熊は胆が必ず小なりとぞ」と菅茶山《かんさざん》がいっておる。

　これやこの　江戸紫の　初茄子　宗因

食卓の　茄子の漬物　むらさきに　朝々晴れて　百舌鳥《もず》の鳴く声　水穂

茄子と熊との説につれて思い出すことは蕪《かぶら》と蜘蛛とである。蕪畑に蜘蛛はおらぬといい、蜘蛛に咬《か》まれたら蕪汁をつけよと故老が教えておるが、専門家の研究を仰ぎたいものである。蕪のことを諸葛《しょかつ》菜というが、諸葛孔明は必ず滞陣中に蕪の種を蒔《ま》かせたといわれている。

葱の白根と鬚根《ひげね》のあいだの固い棄て去る所を三本分すり下して、オブラートにくるんで飲むと、一週間か二週間で十二指腸虫を根絶するということである。十二指腸虫といえば、ジフテリヤは、しゃが（射干、鳶尾いちはつ科の常緑多年生草）の根を鬚を取り去って、普通の盃半分ほどすり下し、それを飲ませて二三十分口を塞いでおけば嘔吐して忽《たちま》ち全治すると、これは経験者からの直聞である。これから漢方医学の世界化とともに、こういう経験がどんどん科学的に取り上げられてゆくのであろう。

三

宋の王安石が「緑陰幽草・花時に勝《まさ》る」と詠じたのには共鳴者が多い。陸放翁も「緑陰清潤・花時に勝る」と詠じており、安石の先輩邵《しょう》康節がすでに「何故ぞ遊人来往を断つ、緑陰殊《こと》に紅芳に減ぜず」と詠じておる。それよりも別趣を成すものは緑陰の残花である。天正時代の名僧東福寺の龍喜に葉底残花の詩がある。

鶯紅燕紫易成塵
愛見殘花葉底新
應是主人安樂意

鶯紅・燕紫　塵となり易《やす》し
愛し見る残り花　葉底に新なるを
まさに是《こ》れ主人安楽の意なるべし

緑陰深處別蔵春　　　緑陰深きところ別に春を蔵す

佐賀論語といわれる『葉隠』が、「葉がくれに　散りとどまれる　花のみぞ　しのびし人に　逢ふ心地する」の古歌に出づといわれるが、ゆかしい名である。儒家では、たとえば宋の周茂叔《もしゅく》などいかにも緑陰清潤的人物である。彼の書斎の庭が草の茂り放題になっているので、人がなぜ草を刈らせないのかと尋ねると、いや、あれにも大自然の生の趣きを見ることができるといって取り合わなかった。胸懐洒落、光風霽月《せいげつ》のごとしと評された人らしい逸話である。

強盗のことを「緑林の豪客」というのはいかにも大陸式であるが、今頃感に堪《た》えぬ詩にこんなのがある。唐の李渉が井瀾砂《せいらんさ》の宿で夜客（盗賊）に遇《お》うた作である。

暮雨蕭々江上村　　暮雨蕭《しょう》々　江上の村
緑林豪客夜知聞　　緑林の豪客　夜知聞す（おこしになった）
他時不用逃名姓　　他時用ひず名姓を逃《かく》すを
世上如今半是君　　世上如今《じょこん》　半ばは是れ君

結句いかにも辛辣ではないか。
今さら珍しくもないが、夏になるとまたヌーディズム・裸趣味が流行する。裸は老荘趣味の昔からシナにも日本にもなかなか味のある思想をともなっている。その根本は一種の解脱観・反俗趣味であるが、現代のは逆に俗に迎合したあくどい裸で、裸を見せものにするものである。竹林七賢の嵇康《けいこう》などは真裸を客に詰問されて、わしは天地を身とするが故に、家はちょうど褌ぐらいなものだ。君は何の用あってわしの褌の中に入ってくるのかと一拶に及び、客を唖然たらしめた。それは馬鹿話であるが、ここにまた好きな話がある。天正文禄の頃、建仁や南禅に住した永雄禅師があるとき裸でおるのを客につかまって曰《いわ》く、「私は母者もの手織のまま罷在《まかりあり》候《そうろう》。この手織のたけはばこそ大いなる苦労にて出来候へ」と。あなかしこ。（昭和三十一年八月）

黒《こく》甜《てん》（ひるね）

一

閑人は閑人で、忙人は忙人で、ちょっとの昼寝というものは、とても好いものである。衛生・健康のためにも大いによろしいことは、すでに医家で十分教えてくれている。

昼寝のことを黒甜というが、実に巧《うま》い表現である。黒とか暗黒といえば、なにか無気味な感じを表すのが常であるが、昼寝が誘い入れる黒一色は実に甜《あま》い味のものである。とくに夜ふかしをした翌日や、仕事に労《つか》れたのちの昼寝の甜味は格別である。まして渓声が枕に通ったり、清風が頁をめくったりするところでは、なおさら楽しい。

孔子が宰予《さいよ》の昼寝に愛想をつかしたことは有名な話（論語・公冶長）であるが、あれはいわゆる晝（昼）寝ではなく、晝間から寝室にもぐりこんでいたことをいうのであって、何をしていたかわからない。そこで同情者？　の梁《りょう》の武帝や韓退之《かんたいし》は、論語の当の晝（昼）の字は畫（画）の字の誤りで、寝室に閉じこもって画を描いていたのだと弁解しているが、そんならなぜ孔子があんなに罵ったのか。とにかくこじつけの嫌いをまぬかれない。

私の好きな陸放翁《りくほうおう》の詩に、昼寝とは題してないが、「早涼熟睡」として、

靈臺虛湛氣和平　霊台虚湛《きょたん》　気和平
投枕逡巡夢即成　枕を投《はず》して逡巡《しゅんじゅん》、夢すなはち成る
屋角鳴禽呼不覺　屋角　鳴禽　呼べども覚めず
手中書冊墮有聲　手中の書冊　堕《お》ちて声あり
百年日月飛雙轂　百年　日月は飛ぶ双轂《こく》
千古山河戰一杯　千古　山河は戦ふ一杯《べい》
賴有蓮峯遺老在　さいはひに蓮峯　遺老の在るあり
白雲深處主齊明　白雲深き処《ところ》　もつぱら斉明

霊台はもちろん心霊の坐する台であるから、胸中を意味する。虚湛などという語はやはり漢語独得の妙味を持っている。澄みきった水が満ち湛《たた》えられている姿である。なんの煩いも躁《さわ》ぎもない、澄みきって満ち足りた、平和な気分で昼寝をする。いつのまにか枕をは

ずしたことにも気がつかず、うとうとするうちに、早くも夢の天国だ。軒先で小鳥が呼んでも一向覚めない。手にしていた書物もぱたりと落してしまった。思えば長の月日というものは車の両輪の走るようなもの、昔から変らぬ山河は、人間共が烏鷺《うろ》を戦わす碁盤《ごばん》のようなものだ。なんとも果敢《はか》ない、たわいもない世の中であるが、幸いに廬山蓮華峰《ろざんれんげ》に世を遺《わす》れた老大人がまだおられて、白雲深い処に行いすましていらっしゃる。この老は陳希夷《きい》先生のことだと自注している。私はたまに昼寝しようと思って、本を手にごろりと横になると、いつもこの詩が念頭に浮かんでくる。そして「夢即成」り、「手中書冊堕無声」である。

二

寝ようと思っても、時に眠れぬことがある。そういう時に、好きな書物を拾い読みしたり、本を落してその中に書いてあったことをあれこれと思い出して牛の反芻のように味わってみるのも実に楽しい。――という今、昼寝から覚めたところなのだが、はたして枕もとに落ちていた読書札記《さっき》を取り上げて、ちょいと開いてみると、こんなことが書いてある。

現代フランスの社会批評家ジョルジュ・バタイユが、人間の自由と文学の有罪性について次のように論じている。

「人間と動物との相違は、人間が禁制を守る点にあることは確かなところであるが、同時にそれをまた破ることができるという点にあることも異論のないところである。されぱこそ人間だけが道徳を持ち、歴史を持っているのだ。無知であるから禁制を破るのではなく、意志と決断力があるから破るのだ。人間の実践つまり歴史の方向は、毎《つね》に禁制に対する意識的侵犯の方向と一致している。無論、私たちの現実生活は、理性とか、労働とか、法律とか、道徳とか、あらゆる禁止の枠から一歩も外れることはできないが、文学のみが社会的約束を越えて、人間と歴史の方向を指した破壊の特権を行使し得る。それが自由というものだ。文学は禁制と秩序の原理をぐらつかせることを以《もっ》て使命とする」と。

はなはだおもしろい。由来、文学は不道徳的のものだというのである。そう公然といえるようになった世の中であるから、日本でも得たり賢しと、悪の愉《たの》しさ、美徳のよろめき、日々の背信、不道徳教育というようなことが、好んで発表されるのであるが、それによって道徳とか人間とか、人生とか、社会とかいうものが、無内容な因襲的存在・マンネリズムから驚醒させられることも事実であると思う。しかし、それはT・S・エリオットのいうように、「われわれの唯一の健康は病い」である。「回復するためには、われわれの病いは一段と悪化せねばならぬ」という意味のものでなければならぬ。

身体のどこが悪いかということをよく知って始めて健康になれる。相当不養生をしてきて、実は大分傷んでいる身体であるが、まだ無自覚症状のままに進行しているような時は、人間なかなか養生などするものではない。いよいよ悪くなって初めて、これは変だ、これは何とかしなければ――と気がついて、そこで真剣に医者にもかかり、養生もするのが人間の常である。自然が人間に良心や自覚を与えてあるのは実に尊い慈悲である。愛などという言葉ではとても足りない。やはり慈悲の悲の字を要する。愛はかなしである。

ある有名な婦人文士が、その著書に、「キリスト教の愛に代る言葉は、日本の仏教では慈悲というのだそうだけれど、それだけではものたりないではありませんか。――慈悲という言葉より、愛という言葉の方が人間的で、強い感じがする」と述べている。文学がこの程度の人で行われてはたまらない。実に危険である。内容のない勧善懲悪の文学などはいかにもつまらないであろう。確かにもっと突っこんで、深刻に、痛切に、人間の悪や不徳や罪悪と取り組んでこそ文学に価値も力もあろう。それだけに、そういう文学は簡単な教訓物語とは違って、非常に真剣な思想教養や、血の脈搏《う》つ良心や情熱を要する。人間の弱点や、人生の裏面を猟奇的に窺《のぞ》いて、大衆の好奇心や劣情をかきたて、文学の名を仮ってマス・コミ商業に便乗し、射利売名を計るなどはとんでもない文学の冒瀆《ぼうとく》である。文学ばかりではない、この頃は政治も教育も労働も、革命までが、はなはだしく冒瀆されている。——というようなことをそれからそれへと考えだすと、せっかくの昼寝はふいになって、黒甜も、白鹹《はっかん》となる。

三

塩気が利いて睡気がなくなるほどに、気になるのはこの頃の国際関係である。二十世紀前半までは、まだ国際倫理と称すべきものがあった。戦争の中にもあった。それが二十世紀後半になっては、全く無視されてしまっている。

フランスのピエール・ド・ラニューが、恐らくデモクラシーは、いつの日にか、大いなる忿争《ふんそう》を不能にするであろうし、あらゆる具体的闘争を調停すべき方法を具備するにいたるであろう。しかし、デモクラシーはわれわれの精神的要求に答を与えはしない。終極目的としてではなく、出発点として考えられたデモクラシーの彼方には、次のような集団生活の形式が存在し得るであろう——つまらぬ人間共が、あまりに大いなる運命をその愚劣な手に握るようなことがなくなり、政治という莫大な費用のかかる遊戯が、もっと真面目な性質の仕事に席を譲り、ごく勝《すぐ》れた人々が、猫も杓子も一律の仕事や、金銭を得るための苦闘などの低い段階に押しこめられるようなことがなくなり、その人々の最善の本領が自由に発揮されるにいたるであろう（国際倫理の覚醒）。

デモクラシーがこのことをはっきり約束し、それがまた人々に受け入れられる時こそ、国際共産主義革命勢力は目に見えて退潮するであろう。

人間は思想にしたがって行動する。われわれの苦難は現実には、われわれがどのような考えと心とを持つかによって定まる。そこで苦難の原因をただ外部にばかり求めるならば、われわれは到底《とうてい》苦難を解決することはできないであろう。クロムウェルもいった、「人は心である」と。名高いノーマン・エンジェルがつくづく述懐したことであるが、二十世紀になって、釈迦や孔子に慚愧《ざんき》せねばならないことである。しかもなおこれがわからなかったり、無視されておる現代なのである。

先般日本に来て、いわゆる進歩的文化人のグループと問題を起したケストラーは、その著『恐竜の足跡』の中に、現代人の情態を興味深い線で表している。人類が自然を左右する力の上昇を歴史的に線で表示すると、過古五六千年間ほとんど水平に走っていた上昇線が、最後の三百年に急カーブを以《もっ》て上昇し、現代になっては、わずか一年が昔の三百年にもあたるほどの急速度で、ほとんど垂直線を描きながら、跳ね上っている。それと同時に、人間の倫理を示す線は、最後の三百年まで人力の線と並行して進んできたものが、そのころからそれぞれ開きを生じ、現代ではちょうど人力のカーブが跳ね上ったのと同じ地点で、垂直にしかも反対の方向に跳び下っている——と説明している。これが現代の一番恐ろしい問題である。その国際的反倫理の代表者にフルシチョフや毛沢東らが傲然《ごうぜん》と睥睨《へいげい》しており、自由諸国の有力者はみなその前に戦々兢々《きょう》としておるのである。「真昼の暗黒」である。これは二十世紀の悪夢である。

四

イギリスに、生きることとは死にはぐれる outlive ことであるという諺がある。われわれの生は、これではならない。潑剌《はつらつ》とした感激と意義がなければならない。横井小楠《しょうなん》曰く、「当世に処しては、成るも成らざるも唯《ただ》々正道を立て、世の形勢に倚《よ》るべからず。道さへ立て置けば、後世子孫残るべきなり。そのほか他言なし」と。（昭和三十四年八月）。

銷《しょう》夏《か》薬《やく》言《げん》

茶と薬

茶というものは誠にありがたいものである。暇があったら自分でも茶に関して一書を著したいと思うほどであるが、さすがに古人の名著名文もたくさんあって、なにを今さらという気もせぬではない。今、親友の贈ってくれた茶を煎じ、夏の夜の睡気を払って筆をとるしだいである。

茶の香りは専門家の説によると百種以上という。そのうち四、五十種がすでに解明されておるらしい。初煎に出る黄緑の色など実に微妙である。煎茶は初煎でその上品な甘味が出る。次煎で、その甘味を内に含んだ苦味が出る。この頃化学者が苦いタンニンの中から甘いカテキンという成分を抽出しておるから妙である。甘い—苦いを過ぎて、三煎目には微妙な渋味が出る。人間も甘いのが、世の苦労を経て苦味を出し、修養すれば渋くなる。それは他日の論として、昨日友人からの書状に、二日酔と腹疾に三黄瀉心湯《さんおうしやしんとう》がよく効いたと書いてきた。黄芩《おうきん》二・〇、黄連二・〇、大黄一・〇を湯呑に入れ、熱湯を注ぎ、三四分よく攪拌《かくはん》して茶漉しを通し、一日一回に飲む。

私の健康法の秘訣の一つは毎朝梅干を番茶に入れて服食することである。梅干の種を炭火の灰中に入れ、その完全な黒焼を粉末にして食すると無類の強心剤である。梅干二三十個の肉を去り、種を割って、中の白実を採り、土鍋に入れて氷砂糖二三十匁《もんめ》を加え、三合の水で半減するまで煎じつめる。これほど咳・喘息に効くものはない。小便の出の悪い者・浮腫に悩むものの利尿には、唐蜀黍《とうもろこし》の毛を濃く煎出し(土瓶よろし。金属性容器不可)、黒ビールのようになったのを服用すると快癒する。副作用はない。胆石に悩むものには、鯛の鼻骨を素焼の鍋に入れて密封し蒸し焼にして、その粉末を茶匙一杯ずつ一日数回分服すれば解消する。心臓病を根治できるものもある。鈴蘭の根、小指の尖《さき》ほどを取って三合の水に入れ、三十分煎出したるを一日量とし、これを食間三回に分服し、六十日間続ける。下痢すれば根の分量を減ずる。蓄膿は黄柏《おうばく》を根気よく服用すれば全治する。癌もなるべく早く、菱の実、藤の瘤、訶子(みつばらん)、薏苡仁《よくいじん》各十グラムを煎服すれば治癒する。これらはすべて練達の専門家の親切な指教に従うがよい。近来知友に病人の多いことに驚くあまり、親切にこれらのことを報ずる。静かに考えると、これらのことみな天地人間の神秘である。

至誠と感応

神秘といえば、折々思い出す貴い実例の一を挙げる。漢方医学で有名な『傷寒論《しょうかんろん》』は二千年も前の貴重な書物で、難解なものであるが、その『傷寒論』といえば、私はいつもまた寛政時代の名医であった片倉鶴陵を連想して、惰気を払う。彼は『傷寒論』が万病を治する法則を明らかにした貴重な医書であることを信じて研究したが、なにぶん難解きわまるもので、どうにもわからないところが多く、思案にあまった彼は、結局著者といわれる張仲景《ちょうちゅうけい》先生に尋ねる外はないと思った。しかしその人は二千年も昔の神秘な人物である。彼は寝ても覚めても斯《こ》の人を思うようになった。そのある日のこと、彼は夢現《うつつ》の中に、中国のけだかい老師が一人の童子をつれて現れ、余は張仲景である。汝が日夜難解に苦しんでいる箇所の意義はかくかくだと懇切に解説され、彼が恍惚としてやがて気がついた時はすでに消えてしまっておった。その姿がはっきりして、教えられたことも、事実と一致しておったので、それから彼は従来の無神論を一擲《いってき》して、神の実在を信ずるにいたった。そして彼は画家に嘱して張仲景の肖像を描かせ、その名著『傷寒啓微』の中に載せた。こういう実話は案外に少なくない。

王陽明の高弟・銭緒山の『瑞雲楼記』に、陽明は母の胎内に十四ヵ月もおった。ある夜祖母の夢に、緋の衣に玉帯をしめた神人が、五色の雲中より一児を抱いて現れ、この子をお前に授けるといった。祖母は自分にはもう子があります。私よりも嫁に好い子を得て孫としたいものでありますと答えたら、その神人は諒承され、途端に呱々《ここ》の声が聞えた。驚いて目が覚め、起きて中庭に出ると、耳になおその音楽が聞えて夢の通りであったと伝えておる。こういう体験の記録は案外少なくない。

広瀬淡窓《たんそう》の『懐旧楼筆記』によると、彼は若き日多病で、十八九の頃重態になった。妹アリ(後の秋子)は始終兄の枕頭につきそい、ろくろく帯もとかずに看護したが、たまたま天台の名僧豪潮《ごうちょう》律師が日田の永興寺に留錫《りゅうしゃく》して法話し、加持を行っていた。加持とは弱い衆生に仏の力を加えることによって、しっかり自分自身を持たせる意味である。妹は律師に参じ、ひそかに我が身を犠牲にして兄の救われんことを念じた。ある日、律師の加持祈禱が終って、衆人が散会するとき、師はその妹を呼び留めて、今日加持の時にあたり、大いに我が身に通徹するものがあった。多くの人々の中に、非常の大願を発した者があると思われる。お前ではないかといわれた。そこで妹は自分の悲願を打ち明け、律師はいたく賛嘆された。妹は家に帰って、このことを兄に語った。驚いた兄はそんな無理なことをしてはいけないと懇々説諭したが、妹は笑って応じなかったとこまごま記している。一読して涕《なみだ》が落ちた。至誠・天に通ずというが、ここにいたって人間も貴いと思う。

健康と自強

心ある人々は、よく彼は気骨があるとか、骨力がないなどという。これは人間の根本問題である。骨の髄までなどと用いられる。知らない者には骨など簡単に考えられるが、実は人体の大切な造血作用を行っておる複雑神秘な部門である。骨髄は人体の赤血球や白血球を作り、新しい酸素を組織に運び、それから不用の炭酸を始末し、流血中に混入した病原菌や異物を掃除し、燐酸やカルシウムを貯蔵し、膠原《こうげん》やムコ多糖類を造成するなど、至れり尽せりの作用努力をしている。骨がなければ体はない。そこで人間学といえば、まず以て気骨・風骨・骨力から論ぜられる所以《ゆえん》である。気骨のない人間などは人生の患者・無能力者で、骨力があって始めて人間であり、人物である。骨力は志気すなわち理想達成の精神努力を生み、その不変の努力である志操・志節が人物の器度・器量を造ってゆく。骨のない人間では話にならぬ。古来無骨とか軟骨というものを軽蔑するのは理の当然である。

道徳も健康と共通の理に立つもので、一例を引用すると、有名な逆説の大家であった社会学者のG・チェスタートンの話であるが、彼曰く、「医者の話の誤りは、健康の観念と養生の観念との混同にある。むしろ健康は不養生と関係がある。医者が異常に悪い病人に向って話す時は、気をつけるよう注意するのは当然であるが、正常な人に向って話すのは、それは人間というものに話すのである。正常な人間は、向う見ずでなければならぬ、健康な人間の根本的機能は、おっかなびっくり生きるようなものではないということを断言する必要がある」と。この軽妙な語は大いに意義がある。健康は自ら努力する必要のないもの、医者や薬が与えてくれるものというような誤解や幻想を持ってはならない。健康は創造的な生活方法に依存するのであり、何時・何事が起るかもしれぬ環境の変動に対して、人間がいかに即応するかということが問題である。安全・快適を是《こ》れ求め、苦痛努力をひたすら避けようとする意気地のない関心は生物学的に危険性を有するものであり、社会的民族的衰退を意味するものであるという自覚勇気がなければならない。個人の適応力を高め、遺伝的弱化を防ぐ方法を講じなければ、将来文明人は生命の強さとその多くの長所を犠牲にして、ただ延命のためにいたずらに一の保護法から他の保護法へと放浪するにすぎぬことになろう。スウェーデンの福祉国家政策の矛盾と失敗が現に明白な教訓であり、日本もこれを踏襲して危険に臨んでおる。易《えき》の乾《けん》の卦《け》に明示する通り、天行は健なり。君子以て自強息《や》まずでなければならぬ。(昭和五十三年八月)。

清忙余事

―『和漢朗詠集』を読む―

一

雅友一日『和漢朗詠集』の元禄版を持って来られたので、大いに懐しく思って披見《ひけん》した。「この世をば我が世とぞ思ふ望月」の歌で名高い摂政道長時代（九九六―一〇一八）に盛名を謳《うた》われた藤原公任《きんとう》の撰著で、当時流行した和歌や詩句の朗詠材料を編集したものであり、彼の愛嬢が道長の子教通《のりみち》に嫁いだとき持たせてやったのを、当時ゆゆしい婿引出物として評判になったというような話も興味を唆《そそ》って、熱心に読んだことは読んだが、案外雑駁《ざっぱく》でつまらなく思われ、その後めったに手に執《と》るほどのこともなかった。しかし、とにかく懐しい書物の一つで、改めて拾い読みしてゆくと、やはり年のせいもあってか、感興を新たにするところが少なくない。そこで若干記録しておく気になったしだいである。

二

いつのまにかもう初秋に入るわけであるから、春夏秋冬雑の五部の中、秋の部から披見を始めた。

秋きぬと　目にはさやかに　見えねども　風の音にぞ　おどろかれぬる　藤原敏行

秋たちて　いくかもあらねど　このねぬる　あさけの風は　袂涼しも　安貴王《あきのおおきみ》

の二首にやはり感を新たにした。

物色自堪傷客意　物色はおのづから客の意を傷《いた》ましむるに堪《た》へたり

宜將愁字作秋心　うべなるかな愁字をもつて秋心となす　野相公

野相公は小野篁《おののたかむら》のことだが、愁の字を秋心などとちょっと気をきかした程度で、歌としてはおもしろくもない。それより島田忠臣の

第一傷心何處是　第一傷心いづくか是なる

竹風鳴葉月明前　竹風鳴葉　月明の前

の方がまだ好い。

朝がほを　なにはかなしと　思ふらむ　人をも花は　さこそ見るらめ　藤原道信

は、やはり見過すことはできない。

冬の部に入って、

一盞《いっさん》寒燈雲外夜。數盃温酎雪中春。

白楽天の「山居雪夜同宿少酌」七律の後聯が出ているが、私はむしろその前聯の

那知近地齋居客　なんぞ知らん近地齋居の客

忽作深山同宿人　たちまち深山同宿の人となる。

の方がおもしろい。登山を楽しむ人には必ず経験があると思う。平地の群集生活ではとうてい味わえぬ一妙趣である。

おもひかね　いもがりゆけば　冬の夜の　河かぜ寒み　ちどり鳴くなり　紀 貫之

この歌ばかりおもかげある類はなしと鴨長明《かものちょうめい》もいっている（無名抄）が、今の世の都会人にはもはやわからぬ類で、ことに青年男女の想像もできぬことであろう。それが人間として好いことかどうか。わからぬ者にはついにわからせられぬことであるが、それだけ話にならぬことはいうまでもない。

但有雙松當砌下　ただ双松の砌《せい》下に当《あた》る有り

更無一事到心中　更《さら》に一事の心中に到る無し

砌は石だたみ。白楽天の律詩（新昌閒居招楊郎中兄弟）の前聯であるが、華やかな当時の貴族社会にこういう詩句が好んで朗詠に採られたということは、やはり人間の本性に深く通うものであるからということができる。全作を見れば、もっと本当の味が出る。

　新昌閒居招楊郎中兄弟

紗巾角枕病眠翁　　紗巾《さきん》　角枕　病眠翁
忙少閒多誰與同　　忙少なく閒多く誰かともに同じき
但有雙松當砌下　　ただ双松砌《せい》下に当るあるのみ
更無一事到心中　　更に一事の心中に到るなし
金章紫綬看如夢　　金章紫綬　看るも夢の如し
皁蓋朱輪別似空　　*皁《そう》蓋朱輪　別して空に似たり　　*黒色。以下四字貴人の乗車。
暑月貧家何所有　　暑月貧家　何をか所有す
客來唯贈北窓風　　客来れば唯《ただ》贈る北窓の風

「更無一事到心中」の一句が生命である。

いつはりの　なき世なりせば　いかばかり　人のことの葉　嬉しからまし　読人不知《よみびとしらず》

一本では「人のこゝろの」とあるが、ことの葉の方が素直で好いと思う。「うき世の人のそらごとをあつめて埋めてみるならば浅くなりなん天の川」（河東節）。孫子に曰《い》う、「兵は詐を以《もっ》て立つ」、「兵は詭道《きどう》なり」と。政は詐を以て立つ。政は詭道なりともいうことができよう。人にいつわりなきものを！　という世の中にならぬものか。それは人世ではなくて神世であるということにもなろう。

三

晝日望雲心不繫　　昼日雲を望む　心繫《つな》がれず
有時見月夜方閑　　有時月を見る　夜まさに閑

これは白楽天と共に名高い元稹《げんしん》の幽棲の詩中にある前聯であるが、全詩を知ると、さらに味が深い。

野人自愛幽棲所　　野人自ら愛す幽棲の所
近對長松遠是山　　近くは長松に対し遠くは是《こ》れ山
（前記聯句）
壺中天地乾坤外　　壺中の天地　乾坤《けんこん》の外
夢裏身名旦暮閒　　夢裏の身名　旦暮《たんぼ》の間

遼海若思千歳鶴
且留城市會飛還

遼海《りようかい》もし千歳の鶴を思はば
しばらく城市に留まるも、かならず飛び還《かえ》らん

＊漢時、遼東の人・丁令威仙術を学び、鶴に化して遼に帰った（捜神後記）。

山里は　物の寂しき　ことこそあれ　世のうきよりは　住みよかりけり　読人不知

古今変らぬ心情であるが、今に至ってはこの山里もだんだん歌の心とは違うものになってきた。新たな歌も出てこよう。

人閑禍福愚難料
世上風波老不禁

人間の禍福　愚にして料《はか》りがたし
世上の風波　老いては禁《た》へず

これは白楽天の「戊申《ぼしん》詠懐三首」の一の後聯にあるが、煩を避けて原作を省く。まことに平凡なことであるが、事に遇い、年をとるほど、この平々凡々のことが、毎《つね》に新しい懐いであることとまた妙である。楽天はまた「事々成すなく身亦《また》老いたり。酔郷去《ゆ》かずして何《いづく》に帰せんとか欲す」（酔吟二首の一）と詠じている。酒に酔い、書に酔い、人に酔えたら、結構だが。

朗詠集には、「何をして　身のいたづらに　老いにけむ　年の思はむ　事もやさしく」。一本三句「老いぬらむ」、結句「ことぞやさしき」となっている。やさしはこの場合、はず

かしの意であることはいうまでもない。

世の中を　なにゝたとへむ　朝ぼらけ　こぎゆく舟の　あとのしら波　　満誓《まんせい》法師

作者は筑紫観世音《かんぜおん》寺別当、俗名笠朝臣麻呂《かさのあそんまろ》とあるが、『万葉集』巻三に、「世のなかを　なにゝたとへむ　あさびらき　こぎいにしふねの　あとなきごとし」とあるのをいささか改めたものであることはいうまでもない。さてどちらがよいか。要するに結句「あとなきごとし」か、「あとのしら波」をよしとするか。満誓はあとの白波の象徴を好しとしたものであるこというまでもない。私もこの方を採りたい。

この『和漢朗詠集』は、上・下二巻、上巻は春より始まり冬に終り、下巻は雑の部として、風・雪から始まり、最後に「白」で納めている。この「白」で納めていることは特に感興を覚える。そしてその白の部のまた最後が、「しらしらと　しらけたる夜の　月かげに雪かきわけて　梅の花折る」（読人不知）である。西行の『撰集抄《せんじゅうしゅう》』には、「公任（本集撰者）若かりし時、或《ある》年の二月中の十日の始つ方、雪いみじく降り重ね、月殊《こと》にあかるく、何《いず》れを梅とわき難きに、帝（円融）公任中将を召して、梅の花折りて参れとありければ、折りて参りけるに、帝いかが思ひつると仰せられければ、かくこそ詠みて侍《はべ》りつれとありて、この歌を挙げ、帝大いにめでさせ給ひける。――この世の思出はこの事に侍りとて、申出でらるゝ度毎に袖を絞られけり」と記している。第四句、本によっては「雪ふみわけて」あるいは「雪まをわけて」となっているが、まことに清徹の歌で、「天地寂寥《せきりよう》山雨歇《や》む。幾生《いくせい》修し得てか梅花に到らん」（宋・謝畳山・武夷山中）と共に、一誦忘れることのできない名作で、花に白梅あり、月に白月あり、私の心契するものである。（昭和四十八年九月）

秋の夜

一

いつの間にか虫の音《ね》が繁くなった。鳴かぬ虫も多かろう。庭の笹むらにパサパサと音がして、子猫がひょっくり跳び出した。なにか咬《くわ》えて座敷にかけ上ってきた。見れば、ばったらしい。頸《くび》を押えて吐き出させ、一かど癪《しゃく》にさえて唸《うな》る奴を縁側に逐《お》いやる。こんもりと茂った薄《すすき》の穂が揺れて、見あげる空は澹《たん》々として星の影まばらである。すーっと涼しい風がどこからともなく流れてきて、思わず単衣の襟を合せる。

秋ですねーと客は呟《つぶや》く。

ウィスキーをトクトクと注《つ》いで、グラスを星の光に透し見ながら、

やはり酒があるのは趣がありますね。

飲めても飲めなくてもよい。盃の縁を舐《な》めながら、恍惚としているのは好い。

盃を啣《ふく》むなんて好い句ですね。

ハッハッハ貴方もその方ですか。

先生ほどではありませんが。

ところが、それほど酒福に恵まれないのです、この頃は。

先生の所へも酒を持ってこないのですか。

いやいや酒の有る無しじゃありません。盃を啣《ふく》んで恍惚《こうこつ》とするような清閑に恵まれないので、
なるほど。

昔ある殿様が俳句にこりましてね。野駈《のが》けのおり、俄か雨に逢《あ》って、幸いもよりの社にとびこんだ。ふと見わたすと、絵馬にならんでたくさん句額がかかっている。その始めに「五月雨《さみだれ》や年中の雨ふりつくし」とある。なるほど、五月雨というものは、しとしとと秋の夜のように思わせるかと思うと、ザーッと急雨のように降る。じめじめと霖《りん》雨《う》のようであったり、ひそかに松の梢《こずえ》に月を浮ばせたり、あらゆる雨の態を尽くす。こりゃ名句じゃ。この田舎に感心な俳人がおるわい。つれづれに逢ってみようかと、さっそく神主を呼んで

問うてみたところが、すぐに呼びよせた。殿様すこぶる満悦で、お前はどういうところでこの名句ができたかと尋ねたところが、この男、恐れ入ります。何しろこの五月雨という奴は毎日毎日よくもよくも降り続くもんでございますから、これじゃハイ一年中の雨をみんな降りつくすんじゃないかと思いまして、ハイ。なーんじゃ、つまらん。殿様がっかりしたというわけで、――酒も有無にとってはね、うち壊し――

いやいやこれはこれは、ちょっと待って下さい。

アッハッハッハ……

しかし、負け惜しみじゃないが、まったく殺風景な世の中になりましたね。含みだとか、思い入れとか、余情だとかいうようなものはまるで無くなってしまって、どぎついというのか、あくどいというのか、街のパンパンから始めてソ連の声明という奴まで、ちょっとものがいえませんね。先生の性に合わんことはなはだしですね。

お祭しの通り。

解放といえば言葉だけでホッとしますが、えらい解放をやるので困ったものですね。

どうも人間はとんちんかんが多い。

男よりも女にそのとんちんかんが多いのでまた困りますね。文明が進歩して人々が食うに困り、これすでにとんちんかんですが、亭主だけでは家がまかなえなくなり、女房から娘まで世間へ働きに出かけねばならない。働いて給料をもらうと、男みたいな気になる。男と同じように、煙草を吸い出す、酒は飲む、議論を始める、家を外にする。少なくとも男はたまりませんね。昼ばかりで、夜がないようなもので、これは疲れますよ。昼に夜があるので好《よ》い。「露《あら》は」には「含み」があるのでよろしい。男は男と違う女があるので救われる。昼日中《ひるひなか》、公衆の面然で、夜業を持ち出されては堪《たま》らない。女が男と同じようにふるまうのが女性の解放なら、男と女とを別に造っておく意味がない。とんちんかんの尤《ゆう》なるものです。

左様、保安隊なら保安隊を作って、そして、軍隊のようになっても大変だ、元の特高警察になられても助からないと心配して、できるだけこれを骨抜きにすればどうでしょう。それは実は何にもならず、国防軍にもなり切れず、特高警察にも及ばない。変なものになってしまわんでしょうか。むつかしいですな。なにかにとんちんかんなことが人間には多いものです。それにしても朝鮮はどうでしょう。思えば思うほど悲惨ですね。

どこか、ポンポンと花火の音がして、祭り太鼓の音が流れてくる。星が一つ、すっと飛んだ。

長星！　汝に一杯の酒を勧む。世あに万年の天子有らんやと杯をあげて哭《こく》した天子もあります。

沢国の江山、戦図に入る。
生民何の計か樵蘇《しょうそ》を楽しまん。
君に憑《たの》む　話す莫《な》かれ封侯の事。
一将功成り万骨枯る。（唐・曹松）

古い詩ではありませんね。今も惻々《そくそく》として胸を打つではありませんか。君に憑《たの》む話すなかれ解放のこと、独裁者功成って大衆は犠牲です。君に憑む話すなかれ文明のこと、原爆功成って人類空しです。

うーん、これもやっぱり大きなとんちんかんですね。

酒の酔いか、話の熱か、少々ほてってきた。

近代思想の一つの特徴といいますか、平たくいえばこの頃の人間の気持のどこかに英雄とか偉人とかいうものに反感を持って、平凡を誇ろうとするものがあります。ただし、これは決して近頃特有のことではありません。一休であったか「釈迦といふ　いたづらものが　世に出でゝ　多くの人を　惑はするかな」と詠《よ》んでいますね。歌の寓意はもちろんいろいろ受け取れますが、やはりどこかに今いったような気持があるのです。いや英雄偉人ばかりではありません。一体そういう人間なるものにとんちんかんが内在しているのです。「天下もと無事、庸人これを擾《みだ》すのみ」という古語があります。平凡の平凡ならぬ意味を直感しながら、せっかくその平凡人がとかく非凡になりたがるのですね。

こうやると、ウィスキーは少しこたえます。

ビールをあげましょうか。

何でもありますね。

何のおかげかみんな友の情の持参です。

私の無情をお許し下さい。

アッハッハ。えらく切りこみますね。油断ならぬ禅機だ。佐々木小次郎の燕返しという手ですかな。

先生に逢っちゃかないませんな。すらりすらりと抜けられるんで、人魂のようにふわりと、見れば思わぬ頭の上を。

いや――怪談ですか。

ビールを持ってこさせてポンと抜く。コップにトクトクと注ぐ。サーッと泡ばかり。かまわずにグッとあおる。泡にも案外味があるものだ。夜風がしっとりと湿《しめ》って感じられる。露が零《お》りているのだ。

お話で了凡という言葉を思い出しましたよ。

ああそう、了凡、いかにも。凡を了す。

了凡ということは、今まで凡を了すること、即ち凡人を超えて非凡になることと取っていましたが、どうやらそうではありませんね。凡がわかる、凡というものに徹するという意味でしょうか。

そうです、そうです、全くそうです。それがいわゆる「ただ凡心を尽くすのみ。別に勝解《げ》なし」但尽凡心、別無勝解です。

ところが実際はむつかしいですね。易行道、実は難行道で――。

そこに人間は迷うのです。人間はただ在りのままをそのままに磨き出せば好いものを。在りのままを跳び越えて、在らぬ姿を見せようとして、それを理想だ神だと唱導したり、そうかと思えば、在りのままと称して、実は在りしまま、すなわち恥じも嗜《この》みもなかった粗野な時代の人間に逆転して、しかもすでに文明に毒されて、粗野な時代の人間にはそれ相応にもっていた動物的無邪気さはさらになく、目も当てられぬ醜をさらけ出しているのです。「あるべきやう」ということは高僧明慧上人が唱導したことですが、なかなかもって容易でありません。

世界はいつになったらその「あるべきやう」にあるようになりましょうかね。あるべからざるようになってしまうような気がしてなりませんね。

今はまったく露悪と偽善との戦いです。冷い戦争とはうまくいったものです。露悪が勝ちましょうか、偽善が勝ちましょうか。なんだか露悪の方が威勢がいいですね。いずれにしてもそれは一時でしょうね。孟子いわゆる「彼も一時、此《これ》も一時」です。結局真実に帰着するでしょう。あるいはその真実なる存在は今日の文明国から見て案外いわゆる未開的民族かも知れません。

日本はその真実にもはや帰れないでしょうか。

帰るか否《いな》かは別に論があることで、本当は真実を現じ得るか否かと考うべきでしょう。それは要するに今後の日本に真実の人間が輩出するや否やにかかって存すると信じます。

夜は更《ふ》けた。虫の声が冴えている。遠くにまだ太鼓の音や東京音頭らしい声が聞える。客は黙然として盃を啣んでいる。（昭和二十五年十月）

秋の夜

―新秋声賦―

熱烈に支那《シナ》を論じ、ロシアを語つて熱した客も返つた。
夜深く独《ひと》り書斎の窓に倚《よ》る。
疾《と》つくに三日月も落ちて、
木立《こだち》の闇は深い。
昼間の暑さも何処《どこ》へやら、涼《すず》しい風が机上の書をはたはたとめくる。
白麻の浴衣が肌に冷いくらいだ。
虫が鳴いてゐる。
耳を澄ますと、蟋蟀《こおろぎ》、鈴虫、馬追、轡虫《くつわむし》――様々な虫が鳴いてゐる。
鳴かぬ虫もゐよう。
樹々の梢が揺れて、颯《さつ》と風が伝はる。

思はず襟をかきあはした。
星の光が冴えてゐる。
天の川が縹渺《ひょうびょう》と横たはつて
粛《しゅく》々と地球の運行が感ぜられる。
秋だ。
燈を点《つ》けて、
机に向つて坐る。
欧陽子《おうようし》、夜に方《あた》つて書を読む。
聞くに、声の西南より来る者有り。
悚然《しょうぜん》として之を聴いて曰《いわ》く、
異《あや》しいかな。
初め淅瀝《せきれき》として粛颯《しゅくさつ》、
忽《たちま》ち奔騰《ほんとう》して澎湃《ほうはい》
波濤の夜驚き、
風雨の驟《にわか》に至るが如《ごと》し。

其の物に触《ふ》るゝや、
鏦《そう》々、錚《そう》々、
金鉄皆鳴る。
又
敵に赴《おもむ》くの兵
枚《ばい》を銜《ふく》んで疾走し
号令聞えず。
ただ人馬の行く声のみ聞ゆるが如《ごと》し。
予、童子に謂《い》ふ、
此れ何の声ぞや。
汝出でて之を観《み》よ
童子曰《いわ》く、
星月皎潔《きようけつ》、
明河《あまのがは》天に在り。
四もに人声無し。

声、樹間に在り。
予曰く、
あゝ悲しいかな。
此れ秋の声なり。——
青年の時愛誦した欧陽修の秋声の賦《ふ》が、
おのづと念頭に黙誦される。
秋だ——と思ふ。
何とも言へぬ清新な、そして沈静な気分だ。
青燈——
いかにも秋の燈は青い。
燈情——
この燈情をいつかしみじみなつかしむやうになつた。
二曲——山の曲《くま》・水の曲《くま》——
を愛した李二曲は、
終日人を見ざれば則ち神おのづから清く、品自ら重し——

と曰《い》つた。

そして彼は、
習学は先づ「不言」を習ふべし。始は勉強力制して、数日一語を発せず。漸《ようや》く数月一語を発せざるに至る。極は三年軽々しく一語を発せざるに至る。是の如《かく》くなれば則ち蓄ふる所のもの厚く、養ふ所のもの深し。言はずんば則ち已《や》む。言へば則ち経を成さん。——

と曰つてゐる。

本当にさうだ。

余り人に会ひ過ぎた。

人に向つて語り過ぎた。

書も読んだ。

然《しか》し書を読むのではない。

何の書を読まうかと問ふな。

書に対するの人は如何《いか》なる人なりやと先づ自ら問ふべし。

本当にさうだ。

書を読む者は多い。

書を楽しむ者は幾人有る。

書の文字を解する者は多い。

書の味ひを解する者は幾人有る。

書を読む者は皆博識を衒《てら》ふ。

その中に忘れつぽくなるのを斉《ひと》しく歎息する。

然し書味を楽しむ者はかういふことも云《い》つてゐる。

年来神散、読過すれば便《すなわ》ち忘る。然れども必ず之を腹中に貯へんと欲するは、猶《な》ほ美《び》饌《せん》を両頬に含んで咽《のど》を下すに忍びざるが如し　我れの書に於《お》ける、之を味ふのみ

――現代人は又むやみに文章を書くが　さて、うまい果物を食ふ時は、黙々として自ら嚥《の》むものだが、何だつて人の為に吐き出す暇があるものか。吐き出すのはみんな滓《かす》だ。自分が時々文章を書くと、児輩は出版しようとする。核《たね》を吐いて人の口に置く様なものではなからうか――

といふ説を思ひ出す。

苦笑してみづから筆を投げる。

秋だ。
秋の夜は好い。
国事日紛の中ではあるが、こんな一夜も亦《また》有つて好い。
一亭の絡緯《らくい》、夜沈々。
月落ち星飛んで樹影深し。
閑坐、燈を剪《き》つて漢史を繙《ひもと》く。
千年興亡、独り傷心。（昭和十二年九月）

送歳風騒

一

「大概の学者は銀行の出納《すいとう》係りのようなものだ。彼は多くの金銭を保管しておるが、その金銭は自分の物ではない」。辛辣な語である。L・ベルネ（一七八六—一八三八）といっても、もうあまり世に知られぬが、ドイツの鬼才とでもいうか、パリに住んで名著『パリ便り』を書いた人の語である。なぜこんな人物を引合に出したのか、私自身にもわからぬ。ただいきなりふっと頭に浮かんだのである。金の出し入れの忙しい年の暮のせいでもあろうか。——と書いたら、またふっと念頭に浮かんできたニュートンの有名な言葉「私が世間にどのような人間に見えるかはわからぬ。しかも私自身には、私というものは海岸で遊んでいる少年、そして時々普通の物より滑らかな小石か、美しい貝殻を見つけて楽しんでいる少年のようなものにすぎなかったと思われる。その間、真理の大海はすべて未解のままに我が前に在る」。こんなことを書き出したら、どういうわけか、また一つ思いもかけぬローマの哲人キケロの言葉が浮かんだ。「生きることは考えることだ」と。

　この頃の人間は都会と大衆との間に生きて、孤独に弱い。しかし孤独に生きられるようでなければ真の人間ではない。有名なギリシャの賢人デモクリトスは、「私にとっては、たった一人でも衆人と同じだ。衆人も一人と同じだ」といっておる。ローマの哲人セネカも、かつて「ごく少数の者にしか通じそうもない学問を何のためにそれほど熱心に没頭するのか」と問われた時、こう答えた。「私は少数で十分だ。一人でも十分だ。一人もいなくても十分だ」と。そういえば王陽明の語にもある。——「天下悉《ことごと》く信ずるも多しと為《な》さず。一人之《これ》を信ずるのみなるも少しと為さず」と。しかし、またそれだけに知己の人は貴いのである。

　京都大学の哲人であった高田保馬教授に好い歌があった。「小さきは　小さきまゝに　花咲きぬ　野辺の小草の　安けさを見よ」。同じ頃の学者で歌人であった長井弥太郎教授の、「行く道の　細きを守り　つゝましく　低きに居りて　心静かなり」も好い。この作者にまた、「間のぬけし　ところ少しは　ありてこそ　人はも好けれ　親しみぞ深き」というのもあったが、いかにも同感である。

「道徳修養を詠じた歌などは文芸でない。むしろ頽廃的でも好い歌がある」という人も少なくないが、こだわるものではない。教訓歌にも立派な作品が決して少なくない。

君ならで　誰にか見せむ　梅の花　色をも香をも　知る人ぞ知る　紀友則《きのとものり》

うつし世は　さびしまがなし　わが霊《たま》を　ゆるがす人に　いまだ逢はなくに　花田比露思

わが胸の　むすぼるゝ日に　ただ一目　見ば和《なご》みなむ　聖《ひじり》はなきや　同

安らかに　己れを枉《ま》げて　生きむより　清く雄々しく　飢うべかりけり　万造寺　齊

水甕《かめ》に　わが汲む水の　あふるれば　あなやと母は　惜しみたまへり　山下政一郎

今日はよく　はたらきにけり　かにかくに　からだ疲れて　満《たろ》ふ我なり　釈《しゃく》　迢空《ちょうくう》

一日の　務終れり　天つ日の　かがやく中を　正しく帰る　高田保馬

人は人　吾は吾なり　とにかくに　吾が行く道を　吾は行くなり　同

もとむれど　国の病を　すくふべき　おほき医師《くすし》は　無き世なりけり　井上通泰

等々、忘れられない名作である。

私の親友の一人は、「道の辺の　草にも花は　咲くものを　人のみあだに　生れやはする」（大西祝）という一首の歌に発憤して、病いを克服した。子規も、「法の道に　何か洩るべき　我も人も　釈迦も阿弥陀も　皆是れ仏」と詠っているのを後で知った。

人はやはり学ばねばならぬ。怠惰と不学はもっとも自ら愧《は》ずべきことである。

和歌のついでに俳句を読書録から拾ってみる。「日の本の　人の多さよ　年のくれ」（才麿）。いつも町を眺めていてはこの句が念頭に浮かぶ。

「分別の　底叩きけり　年の暮」（芭蕉）はよくいろいろの随筆でお目にかかるが、芭蕉の句とは思えぬ駄作である。「ともかくも　あなたまかせの　年の暮」（一茶）の方が好い。「見送りし　仕事の山や　年の暮」（虚子）は実感にうたれる。

「軽薄を　申しつくせる　歳暮かな」（牧童）もさすがに実感があって忘られない。

「遺《のこ》るもの　何をか書きし　年の暮」（秋桜子）は同感があって、ときどき思い出す。

「泡だちて　年の暮れゆく　かくれいは（礁）」（赤城さかえ）も実感を誘われる。

「年ゆくと　満天の星　またゝける」（蓼汀）は好い。格調の高い傑作である。「行年の　心の影を　爐に落す」（松崎鉄之介）も同様。

極月《ごくげつ》や　雪山星を　いただきて　蛇笏《だこつ》

師走《しわす》来て　古人も妻に　叱られし　　田子英

金が足りないでか。書斎の乱雑がひどいのか、のらくらして邪魔になるせいか。

水甕を　堪へて除夜の　こと了る　　波津女《はつじょ》

いかにも健気《けなげ》な世話女房ぶりがよく表現されている。

満月の　冴えてみちびく　家路あり　　蛇笏

誰もなつかしい経験であろう。

寒月や　我独り行く　橋の音　　太祇《たいぎ》

古人の名聯に、「日晩愛行す深竹の裏《うち》。月明多く上る小橋の頭」というのがある。符節を合すとでもいいたい作である。

木枯――こがらしというものは寂寥なものであるが、何ともいえぬ味がある。意興といっても好い。古人の作品も実に多い。

木枯や　竹にかくれて　しづまりぬ　　芭蕉

幾度も筆を止めて聴き入ったことがある。

こがらしや　何に世渡る　家五軒　　蕪村

こがらしや　広野にどうと　吹起る　　同

こがらしや　野川の石を　ふみわたる　　同

蕪村の好きそうな風物である。

出るだけの　星凩《こがらし》に　出で尽す　　朝詩

もよい。木枯といえば、雪を詠んだ句が実に多い。和歌も同様であるが、霜雪というから、霜もよく詠まれている。しかし、とても雪には及ばない。

初雪や　ふところ子にも　見する母　　杉風《さんぷう》

好い情景である。ふと涙を催《もよお》しかねない。

漢詩となると、和歌や俳句と違って、字数が多いし、いわゆる和漢にわたるので、引用するには当惑する。でもなんとか結着をつけねばならぬから、あえて思いつくがままに記すことにする。つい先日、木曽川を見て思い出したのであるが、頼山陽《らいさんよう》が大垣から桑名に赴く舟中の作、「蘇水《そすい》遙々海に入って流る。櫓声雁語・郷愁を帯ぶ。独り天涯に在って年暮れんとす。一篷《ほう》の風雪・濃州を下る（蘇水遙々入海流。櫓聲雁語帯郷愁。獨在天涯年欲暮。一篷風雪下濃洲）」。篷は舟を覆うとま（苫）のことであるが、舟そのものを指すにも用いる。この詩よく歳暮の旅愁が出ている。

あまり世に知られておらないが、明治初年の志士であり、詩人書家であり、名地方長官であった長《ちょう》三洲に残歳感旧の詩があり、暮になると思い出す佳作である。

昔我童稚時　昔我が童稚の時
遇事皆歡喜　事に遇《お》うて皆歓喜す
不知徂歳悲　徂《ゆ》歳の悲を知らず
只待新年至　ただ新年のいたるを待つ
中年稍識愁　中年　稍《やや》愁を識《し》り
年序始如矢　年序　始めて矢の如し　＊四季の移り替りが速かった。
無端落兵塵　端《はし》なく兵塵に落ち
身立劍盾裡　身は剣盾《じゅん》（たて）のうちに立つ
生死在朝暮　生死　朝暮に在り　＊何時どうなるやもわからぬ。
春秋不復記　春秋　復《ま》た記せず
怱々十來年　怱《そう》々　十来年　＊十年がほど。
經過如夢寐　経過　夢寐《むび》のごとし
爾來又十霜　爾来《じらい》　また十霜
官況逆旅似　官況　逆旅《げきりょ》に似たり

四十六年客
頭顱可知耳
依然歳暮心
悵如別郷里
豈無來茲年
難有今日晷
志士惜流年
我無飛騰志
老人戀餘景
吾境行近此
上有雙老親
下有雙女子
瘦妻獨拮据
送迎謀且備
有酒可以餞

四十六年の客
頭顱《あたま》は知るべきのみ
依然たり歳暮の心
悵《なげ》かはしきこと郷里に別るゝがごとし
豈《あ》に来茲《じ》の年なからんや
有り難し今日の晷《き》（ひ）
志士　流年を惜しむ
我れ飛騰の志なし
老人余景を恋ふ
吾境　行（ゆくゆく）これに近し
上にあり双老親
下にあり双女子
瘦妻独り拮据《きっきょ》（はたらく）し
送迎謀り且《か》つ備ふ
酒あり以《もっ》て餞《せん》すべく

有魚可以饋　　魚あり以て饋《き》すべし
一年何足道　　一年　なんぞ道《い》ふに足らん
悠々千古事　　悠々　千古の事

まことによく感懐を尽しておる。長氏と同じく明治の詩人大江敬香に歳晩感懐の一律がある。

名津利海漲波濤　　名津《めいしん》利海　波濤みなぎる
孰是眞交孰假交　　いづれか是れ真交　いづれか仮交
才拙易逢高士斥　　才拙《つたな》くして逢ひ易し　高士の斥《せき》
家貧難免俗人嘲　　家貧しくして免れがたし　俗人の嘲
三間茅屋書相伴　　三間の茅屋《ぼうおく》　書相伴《あいともな》ふ
半夜柴扉風獨敲　　半夜柴扉　風独り敲《たた》く
猶幸風流剰閑地　　なお幸いに風流　閑地を剰《あま》す
暮吟朝詠未曾抛　　暮吟朝詠　未だ曾《かつ》て抛《なげう》たず

最後にもう一つ、私の好きな詩をもって結ぼう。それは明治の名禅師の一人、島地黙雷和尚の五律一詩。

燈前話今昔　　燈前　今昔を話し
對坐倒青樽　　対坐　青樽を倒す
至理離思想　　至理は思想を離る
玄機超語言　　玄機は語言を超ゆ
心遊閑日月　　心は遊ぶ閑日月
身占別乾坤　　身は占む別乾坤《けんこん》
停杯時自嘆　　杯を停めて時に自ら嘆ず
誰知吾道尊　　誰か知らん吾が道の尊

書き出けば詩思雲のごとく湧いて限りがない。この辺で筆を投ずる。（昭和五十三年十一月）

二

惜暮

㈠の終りに、明治の名僧島地黙雷の五律一詩を拾録したが、転じて有名な沢庵禅師に歳暮の歌のあったことを思い出し、読書録を検索して発見することができた。「一とせの暮るゝはかなさは人世の如《ごと》く成るべし」という添書《そえが》きがあって、「とやせまし　かくやせましと　思ひつゝ　今年もけふを　限とそなる」とあった。平凡な感懐であるが、やはり真実であり、その真実にまたうたれる。とくに沢庵和尚であるだけ興味が深い。

俊成の「年の暮れによみ侍りける」とて「一とせは　一夜ばかりの　心地して　八十あまりを　夢に見るかな」は、私にとって他人事とは思えぬ。先に生れた人間がたいていちゃんと詠ってくれておる。なんぞ苦吟を要せんやである。

「はかなくて　今年も暮れぬ　かくしつゝ　幾世を経《ふ》べき　我身なるらん」も、法性寺入道前関白太政大臣の作である、呵々《かか》。

「身に積る　ものなりけりと　思ふより　老いて急がぬ　年の暮かな」（新後撰和歌集・法印長舜）とは悪悟りか淡白か。

「何をして　身の徒《いたずら》に　老いぬらむ　年の思はむ　事ぞやさしき」。古今和歌集に読人しらずとあるが、この「やさしき」という意味を聞きたいものである。

忙中こんなことを書いておるひまはないのであるが、また後宇多院《ごうだ》の御製など思い出される――「惜めども　暮るゝは易《やす》く　行く年を　など人ごとの　身に止るらむ」。これもいわゆる義理の一つ。

忘の妙義

暮れが近づくとぼつぼつ忘年会なるものが始まる。一般に知られておる忘年の意味は、その年間にいろいろとあった憂い苦しみを、さっぱりと忘れて、好い気分になろうというものである。しかし忘年本来の意味はこれとは異って、身分年齢のかけ離れた知人同志が、その身分や年齢の相違など忘れて相知り、相交わることである。史書にはいろいろその実例を挙げて説いておる。それは人格教養の共鳴によるものである。そこで知己とか知音という好い熟語がある。自己が自己そのものを知るということがすでにむつかしいことで、人間は案外自己そのものを知らないものである。老子に「人を知るは智、自ら知るは明」という有名な語がある。不明にして君を知らなかったなどとよく使われるが、自分が自分自身をよく知らないのであるから、他人の真実を容易に知れるものではない。まず自分自身を能《よ》く知って、はじめて真に他人を知ることができるものであることはいうまでもない。だから真に自分を知ってくれる人物すなわち知己というものは貴い。「士は己を知る者の為に死す」というほどである。知己の交は年齢などに捕われない。それが「忘年の交」である。忘年の交についてはいろいろの故事や逸話があって、世に喧伝されておるものも少なくないが、「莫逆《ばくぎゃく》の友」というあたりが、結局一番味《あじ》のあるものであろう。「相視《み》て笑ひ、心に逆《さから》ふこと莫《な》し」(荘子・大宗師)よりできたものであるが、文句なしとはこの辺のことである。

仲の好い老夫婦を茶飲み友達という。洗練された名語だと思うが、世間は案外この真義を知らないで、年をとって何の妙味もなくなってしまった淡々たる仲の意味に解するが、実はその反対で、なんともいうにいえぬ至極の妙味をいう。淡ということが、それで、甘いも苦いも渋いも通りこして、いうにいえない至極の味というもので、それは結局水だというのである。世間というものは往々せっかく妙味のあるものをつまらなく取り扱ってしまう。

世間どころではない。ひとかど物のわかっておるはずのいわゆる知識人に、案外物のわからぬ者が多い。意外な一例を挙げると、日本人には古くから有名なJ・S・ミルがその回想録に、「これまで私は詩や芸術が人間教養の具として重要だということをいろいろ読みもし聞きもしてきたが、今やこれらに意味のあることが漸くわかってきたのである。私が個人的体験からこれをはっきり認識するようになるまでには、相当に長い日時を要したことであった」と告白しているが、ダーウィンもその自伝に同様のことを述べておる。森鷗外にもそんな告白がある。年はとるべきものということができる。

四知

歳末群翰《ぐんかん》の中より好学一友の手紙を発見して披見すると、浮世を外の閑問があった。閑問、実に好問である。有名な「四知」という熟語について、漢の名地方長官楊震が、東萊《とうらい》太守に任ぜられて赴任の途中、後進の王密という昌邑《しょうゆう》県令が一夜来訪してひそかに金を贈呈した。しかるに楊太守はこれを受けない。県令は誰も知りませんから、世間に洩れることはありませんといったが、「楊震、言下に応《こた》へて曰く、天知る。地知る。子《きみ》知る。我知ると。終《つい》に受けず」。県令も慙《は》じて去ったという。有名な故事熟語であるが、書によっては天知、地知、汝知、我知。あるいは天知・神知・人知・我知ともなっておる。孰《いず》れを正しとするかという問いである。どっちでも別段問題にするほどのことではないが、精確を旨とする学者の心理では、故事来歴と文字の正確をつきとめたいのが当然である。

この故事は、日本でも古来諸書に引用されて周知のものの一ということができる。幕末江戸の好学・北静廬《せいろ》（名は慎言、梅園ともいう）もその好著『梅園日記』の中に、これを取りあげて考証しておる。この四知は日本でも古来伝唱されて有名であり、たまたま私の書架にある随筆大成本の中の『梅園日記』にも拾録されておる。四知は書によって天知、地知、汝知、我知とも、天知、地知、神知、我知ともなっており、或いは天知、神知、我知、子知となって、地知の二字のないのもある。何にしても佳話である。贈賄収賄はいつの世の中でも変ることのない問題であるだけに、この逸話は弘く世に流布して忘られない。『後漢書』安帝記・延光三年の条にこの事を載せて、君知、我知、天知、地知と記してあるという。

大晦日と大掃除

此の書にまた「晦日掃」という記事があって興味深い。これによれば、俊頼朝臣の『散木集』に、「さらひする　むろのやしまの　ことこひに　みのなりはてん　程をしる哉《かな》」。注に、「さらひとは掃除すること。むろのやしまとは『かまど』をいふ。除夜に民のかまどをさらひ、来《こ》んずる年のうちの事の吉凶みな見ゆといへり。ことこひは見んと思ふことを云《いう》。それに我身のなりはてんほどをもしると読也《よむなり》」などとりどりに興味深い。また『草根集』にいう、「歳暮、家々に　はらひつくすを　あやにくに　空はすゝけて　おつる雪哉とよめるも除日なるべし。是《これ》も亦《また》もろこしにあり——。除夕の詩有りて云、独り窮愁を送り、独り塵を掃ふ。一回の除夕一傷神。来朝記取す年の多少。敢《あえ》て分明に人に説与せず」。いかにも除夜の情趣をよく表現しておる。

老の美と品

暮にあたり一客来ってまた老を歎ず。私はふと思い出して、彼にレンブラント Rembrandt（一六〇六―一六六九）を語った。この不朽の大画家は和蘭《オランダ》ライデンの粉屋に生れ、人生のあらゆる深刻な体験の後、六十三歳、アムステルダムの貧民街に終った。彼は人生のあらゆる体験を刻みこんだ老人の顔に深い芸術的な感興を持ち、好んでそういう老人の顔を描いた。そして、老人の顔を巧《うま》く描けるようになれば立派な一人前の画家だといっておった。彼はまた光とその微妙な変化を愛した。老人も画に描けるような芸術的な顔になれば大したものである。俗にいわゆる美男美女など芸術的には問題にならない。人格またしかり。

日本を愛し、日本をよく識った故カンドウ神父は私も知己の感ある人であるが、フランス社会党首であったレオンブルムを賞讃しておったことを思い出す。かつて書いたと思うが、名将ガムランがレオンブルムをイスラエルの予言者を偲《しの》ばしめると評しておったそうである。カンドウも彼には心酔して、「彼の言葉は完全なフランス語で、豊かな教養と、文学的なニューアンスの多い微妙な話ぶりで、そのまま立派な文章にもなるものであった。社会主義とか、社会党といえば、一般には大衆を看板にした一種の誇張や俗臭を感じさせるものであるが、彼はその反対に、思想界でも一流の貴族であった」といっている。

カンドウが友人に、どうして教養のない労働者や大衆が彼の人物や演説に惹《ひ》かれるのかと尋ねた時、「確かに彼は〝思想界でも一流の貴族たる社会党首〟といえばおもしろいアンチノミー（二律背反的言葉）だが、人間というものは境遇や教養の如何《いかん》にかかわらず、広い意味でのアリストクラシー、なにか高尚なもの、高い品位などに対する自然なあこがれを持っているものだというしるしだろう」と答えたという。日本の政党にもこういう人材がほしいものである。卑しいものを大衆的というのは一知半解であろう。案外高尚なものにも大衆は憧憬するのである。

来春は日本人にもっと沢山品格教養の高い人材が出現し、活動するのを見たいものである。（昭和五十三年十二月）

忘年漫記

ルソーの何で読んだか、どうしても思い出さないのであるが、金銭はすべての快楽を毒する。私の好きなのは、たとえば会食の楽しみだ。ただし上流の集まりの窮屈さも、居酒屋での酩酊も私には辛抱できない。一人の友人とさしむかいということでないと、その楽しみを味うことはできないと書いているのを見て、おやとルソーを見直したことがある。

私がいかなる進歩をとげたかと訊《き》くのか？　私は自分自身に対して友となりだしたということだとヘカトーン（ストア哲学者）がいったことを、セネカはえらく共鳴している。こういう風になってくると人生もわびて楽しい。そのわびを知る同志が気持よく語りあうことができれば、またこんな楽しいことはあるまい。三国志に出てくる呉《ご》の青年傑士周瑜《しゅうゆ》（公瑾）を評して、先輩の程普が、周公瑾《きん》と交われば醇醪《じゅんろう》を飲むがごとく、覚えずして自ら酔うといっているが、想像するだけでも気持がよい。日本近世では伊藤仁斎《じんさい》がこういう人であったらしい。粗鄙暴悍《そひぼうかん》の者も薫然《くんぜん》心酔した（古学先生墓碑銘）という。
周瑜といえば、彼に眼につけて自分の陣営に引き入れるつもりで訪ねた蔣幹《しょうかん》に、周は語った、「丈夫・世に処し、知己の主（孫権のこと）に遇《あ》ひ、外・君臣の義に託し、内・骨肉の恩（義兄弟の間柄）を結び、言行はれ、計従はれ、禍福・之を共にす。たとへ蘇張（蘇秦・張儀、共に戦国遊説の士）更《あらた》めて生ずるも、能《よ》くその意を移さんや。――幹・ただ笑ふのみ。終《つい》に言ふところなし」。まことに男児・世に処してこんな感激はなかろう。この頃の政変に処して党人の右往左往を見ては、しみじみ彼らの不幸を思う。

国は一人を以《もっ》て興り、一人を以て亡ぶ。賢者はその身の死するを悲しまずして、その国の衰ふるを憂ふ。故に必ず復《ま》た賢者ありて而《しか》る後《のち》以て死すべし（蘇老泉・管仲論）。

勝れた人物に会うほど頼もしいものはない。ことに若い傑物を見ると、自分など死んでも、まあ国は心配ないと思う。人物を作るにはやはり道の学問を弘げておくことである。いつか、どこかで必ずその意義を発見することができる。植物学専攻の一友から聞いて、感嘆したことであるが、ベルリン地質研究所のクルッチ博士らがライン川流域の褐炭《かったん》地帯を中心に、約一、〇〇〇本のボーリングを行い、地層に含まれている花粉を地質年代順に分類し、中部ヨーロッパの花粉一覧表を作成した。その種類は一二五種に上り、約百万年前から一億年前に遡《さかのぼ》ると。

私は歴史に埋もれている古典や芸術品を漠然と同様に類推する。そういうことを考えると、気短かな、わがままな欲望など消散する気がする。一休の歌に、

心だに　誠の道に　かなひなば　守らぬとても　こちはかまはぬ

もちろん世に伝うる菅公の歌をもじったものであるが、おもしろい。

すべて己が欲の近目で視ることをやめれば万事清快である。細井平洲といえば、人も知る君子人であるが、子に玉石と名づけて、こんな歌がある。

玉か石か　石か玉かは　知らねども　天より我れに　与へたまひし

平洲といえば、彼に師事した米沢の名君上杉鷹山《ようざん》の家老に莅戸《のぞき》太華という人がある。名君にふさわしい名臣であるが、経済万能の今日、経済の窮迫に悩んで、政治家たちがしきりに経済を論ずるのを聴くおり、ふとこの人の逸話を思い出すことがある。太華は米沢藩の経済をみごとに興したが、わが家の方はとんと不如意であった。ある人が一日彼にいった、御家老のおかげで国も富み、民も豊かになりました。大藩を治めるのに、こんなに大

手腕をおもちになっているのに、お家の方の経済はとんとお下手で、いつも御苦しいようですが、一体どうしたことですか。

太華は答えた。

「人には古人のいう通り長所短所がある。私は国の政治をとり行うには、始めから考えが定まっていて、緒をとって糸を扱うように、少しも苦労などはしません。そこで法を立て規約を作ったりするのも宜《よろ》しきを得て、自然成績も上りますが、私の五百石の家のことなどは、これを念頭に置こうとするだけでも煩《うる》さくて、そのためにこんなに貧乏するのです。きっと私は国を治めるのは得手だが、家を治める方は不得手なんでしょう。——しかし家を治めるのもそれほど難しいとは思わぬが、自分の家のことなどは何とかなるでしょう。そんなことに心を費すのが面倒で、棄てておくのです。できないのではなく、せぬという類でしょうか」。

こういう財政家がおれば、確かに世の中はよく治まるであろう。この逆さまなのが問題である。

この頃、頭や技は良くなった。しかし人間味の乏しい人間の多くなったのは事実である。

そもそも学校で、試験準備の主知的教育に偏して、いたずらに機械的な知識や技術ばかりつめこむが、品性や情操を養い、鍛錬陶冶して、人間としての「うまみ」「ふくみ」「うるおい」「深み」というような徳をわすれてしまっておるから、人を使うことのできない人間、人に使われることのできない人間が多くなってきた。世の中もすべて功利的、興業的になって味気ない。

本居門下の国学者神職であった藤井高尚と三代目歌右衛門の対話がある（落葉の下草）。高尚曰《いわ》く、「昔の人の芸は、いずれも情を主として、見る人の心を動かすようにと志したが、三十年この方は、仕草の方ばかりを主として、見る人をただおもしろがらせようとするようだ」。歌右衛門の答え、「昔と今と時勢が変ったといっても、芸はやはり情を主とするのがよろしい。おもしろくするというのも場合によってはよいが、ただおもしろくということを目当にするは悪いと思う。芸をおとなしくして、情がよく仕草にうつり、仕草がよく情にかなうようにするのが、肝要であるが、さてなかなかそうは参らず、我れ人ともにおもしろくする方ばかりに流れやすい」と。

よろず道に変りはない。それでもまだ仕事にうちこむのは良い。「人々は考える代りに食べている」というようなことになってしまい、精神的価値や個人の完成の問題などに関心を持たなくなり、生活の享楽と安逸ばかり求めて、歴史的伝統的な誇りを一切抹殺してしまうようになれば危い。独逸《ドイツ》でも、昨今のドイツには共鳴を惹起《じゃっき》するようなものがめったになくなったが、明日のドイツは背筋を寒くすると、数年前に識者は歎息を発し、ドイツ統一という民族の悲願であるべきものにさえ、しだいに関心が薄らいできたといわれている。日本も五十歩百歩である。

「瑞応の出づるや、始め種類なし。善に因《よ》って起り、気和して生ず」（王充・論衡）である。とにかく互いに善を行うことが根本と信ずる。

とにかく書を読みつつ考えることは楽しい。山居もそれで楽しかろう。陸放翁の詩にいう、「遊山も読書の如し。深浅みな楽しむべし」。（昭和三十九年十二月）

忘年夜話

偉大なる宰相

私は壮時から六中観というものを作って、なんとか無事に過してきた。六中観とは忙中・閑有り。苦中・楽有り。死中・活有り。壺中・天有り。意中・人有り。腹中・書有りである。それで例えば忙しいとなると、それに捕われてしまわないで、忙しい中に、ちょっと閑《ひま》を見つける。立ち止まって籬辺《りへん》の花を見るのもよい。それを詩句にする。路上ひょろひょろしたいわゆるエキゾチックやデカダンな青年を見かける。途端にいろいろ有名な哀亡史論を思い出す。この二三日来、内外政界の記事を読んでおるうちに、ふと「名相——立派な大臣が出ぬものかなあ」と思ったその時、たまたま宋の名相韓琦《きき》が頭に上った——宋初の名相李沆《かう》(太初)に次いで好きな大臣である。字は稚圭《けい》(一〇〇八—一〇七五)。この頃の政界にこういう人物がおったら！ と思うのだが、その時またひょいと黄永年の韓琦論が念頭に浮かんだ。人間の頭脳というものは不思議なものだと改めて感興を覚え、記録を探して、すぐに見つけた。その中に韓氏と同時の英傑范仲淹《はんちゅうえん》との逸話があって、それがおもしろく、いつの日か黄永年のこの文章を記憶に留めたものと思える。懐しいので時を偸《ぬす》んでこの一文を録しておく。黄永年・字《あざな》は静山、江西省広昌の人。清朝乾隆《けんりゅう》の進士で、経綸《けいりん》に富み、節義の士であった。

「夫《そ》れいはゆる量なる者は何ぞや。斗の量は以《もっ》て升を受くるに足《た》る。斗を以て升を受くればその跡泯《びん》然(どこにはいったのかわからぬ)。斛《こく》の量は以て斗を受くるに足る。斛を以て斗を受くればその跡泯然。これを推して上せば、量いよいよ大にしてその受くる所いよいよ跡無し。天下は大物なり。惟《ただ》その量以て相容《あいい》るるに足り、而《しこう》してのち以て治むべし。今夫れ天下知あり、而して吾れその明を用ひんと欲すれば知者退く。天下才有り而して吾れその能を用ひんと欲すれば才者退く。天下力有り而して吾れその強を用ひんと欲すれば力者退く。これその事におけるや必ず措《お》くなく、その功におけるや必ず成るなし。その量以て相受くるに足らざればなり。秦誓《しんせい》（書経中の一篇）に曰《いわ》く、若《もし》一个《こ》の臣有らんに、断々として他の技なし。その心休々焉《えん》（すなおで善を好むさま）としてそれ容《い》るる有る如しと。商容

（殷の紂王の時の賢人）・周師の人を観て而して周王を知る。曰く、善を見て喜ばず。悪を聞いて怒らず。顔色相副《かな》ふ。是《これ》を以て之を知ると。

吾れ嘗《かつ》て論ず、公・朝廷に在るや、泊《はく》然（静淡なさま）としてその功を見《しめ》さず。物に及ぼして而してその跡を形《あらわ》さず。一時の賢能・掌故《ものしり》・文学みな範囲の内に囿《ゆう》せらる（放ちがいにせらる）。故に天下の大任に当り、天下の令名に居り、天下の大福を受けて而して隕《おと》すなきなり。

公の遺事・史伝多く未《いま》だ備はらず。嘗て范仲淹と事を論じ、合はざる有り。仲淹・衣を払って起ち、忿《いかり》色に形《あらわ》るるに至る。琦・徐《おもむろ》にその袂を把《と》って曰く、希文（范の字）更《さら》に商量すべからざるか（もっと相談できないか）。和気満容。仲淹亦《また》釈然たり。欧陽修は河図（太古聖王の時代の瑞祥。黄河より現れた龍馬の背に負うた図。八卦の源といわれる）を信ぜず。琦と修と政を輔《たす》く。未だ嘗て一言も与《とも》に易に及ばず。その平居寮宷《さい》（役人仲間）造次（たまたまの）語言の間、従容涵濡《しょうようかんじゅ》（ゆったり、しんみり）、潜移補救（人知れぬ間にかたづける）人の不覚に入る者（当人の知らぬまのできごと）あり。況《いわ》んや朝廷の上に于《おい》てをや（とかくやかましい問題になりがちなところを何事もなく済ませるものがあった）。

或《あるい》は謂《い》ふあり、琦の相業（大臣としての業績）は古人に愧《は》づるなし。独り文学は逮《およ》ばず（ただ学問教養は古人に及ばない）と。琦曰く、吾れ相たり。欧陽永叔（修）学士たり。天下の文章これより大なる莫《な》し。琦・天地を経緯し、修を用ひて鴻業《こうぎょう》を潤色す。修の文は琦の文なりと。この言尤《もっと》も以てその所存を見るべし。

賢者と賢者と処《お》るや、時に異同多く、その流遂《つい》に門を分ち戸を異にし、紛争して已《や》まず。而して短を較べ長を絜《はか》り、人を上がんと欲するの心、君子も免れず。噫《ああ》琦に観るに、人亦《また》何ぞその忿嫉《ふんしつ》を用ふる所あらんや。何を為してか休容（ゆったり）せざらんや。此れ相臣の則（手本）なる夫《かな》」。

——実に能く大宰相の人物風格を把握したものである。今日の政界始め、いたるところ何と小人物の煩苛《はんか》な騒ぎが多いことか。

この人にして微笑《ほほえ》ましい一つの自任の語がある。史の伝うるところ、「公、平日謂《おも》へらく、大事を成すは胆に在りと。未だ嘗《かつ》て胆を以て人に許さず。往々自ら許すなり」と。今日の時世においても、いたくく思いあたることである。

胆と人物

胆というものの人間にとって神秘重大な機能が、今日の西洋系医学でもまだ十分解明されていないと思う。胆嚢機能は障害を起しやすいが、それを肝臓の付属物視して、簡単に除去してしまうことが多い。これは大いなる謬見や早計であるまいか。肝胆の精神性は古来東洋医学で非常に重要視されておる。多く使われる熟語を見てもよくわかる。胆力とか胆気とかいうものは、困難を排して推行する精神力を表し、人物の重要な資質である。識に関しても、智識というものは頼りない。進んで見識というものにならねばすぐれた判断にならない。その見識が幾多の抵抗を排除して断行する力を具備する時、これを胆識という。抵抗・障害を排して、見識を断行する勇気はこれを胆勇といい、その人物の器量を胆量といい、その具体的方策を胆略という。これらは英雄になくてはならない資質である。世の知識人多くはこれを欠くの故をもって軽薄の譏《そし》りを受ける所以《ゆえん》である。胆大心小という語がある。細心の注意をするのが心小。よし！　と決めると、断々乎として実行するのが胆大である。

近世の碩学国手であったA・カレルも、抽象化（知識）を愛することは無力を生む。行動の力は情感の秩序に属する魂の深部から潮のごとく湧き上る場合以外にはない。知性は道を照すだけで、道を歩ます原動力ではない。思想は魂の深処から湧出する時始めて創造的になると説いて、そういう感奮には内的生命の静寂を必要とすると、その名著『生命の運営について』の中に解説しておる。

そして彼は、今日の時世は、生きるということを欲望を充たすことと考え、そのために利益を追求することに専念し、物資に優先権を与え、精神的なものを経済的なものの犠牲にした。経済人というようなものは、自由主義とマルキシズムの作ったもので、自然が作ったものではない。道徳的頽廃の方が、知的不振よりも癒《いや》しがたい災害をもたらす。近代社会は精神向上の法則への不服従という基本的誤謬を犯した。有道・有徳でないことは、まことに愚かなことで、発動機の中にガソリン代りに水を入れ、機械の潤滑油に砂を投ずるものであると痛論している。名相韓琦の一語から、思わず連想が横溢した。これも学問文章にともないやすい一楽事である。

土龍《もぐら》と蚯蚓《みみず》

韓宰相の話からまた思わぬ人を想起した。それは東洋紡の重役で、今の世に珍しい隠君子の風格を持った故進藤竹次郎氏で、私と一宵の清話にかの古名相を深く心に印したようであった。この人は土龍《もぐら》を愛してその書斎を土龍窟と称し、自著にも『土龍随筆』と名づけた。その縁で私も土龍に興味を持つようになった。私にとっては意外な耳学問であったが、土龍は人間にとって大切な有用動物で、毎日自分の体重ほどの食物をとる。それは畑百枚《ひゃくまい》に達する。柔らかい土質だと、十分で一米《メートル》を掘り、一晩に百米《メートル》も進み、地下五十から六十糎《センチ》の深層に達する。彼らは土地改良排水用暗渠《あんきょ》の役目を果す。また害虫の繁殖をも抑止する。その毛皮は夜会用高級品に供され、一着五十枚から三百枚を要するという。

土龍のついでにまた想い出すが、戦前欧州に遊んで、第一次大戦の際の有名な激戦地ベルダンを尋ねた時、そこの有名な篤農が、廃墟を蚯蚓で復活せしめた実話を聞いて感動したことがある。みみずは四六時中休むことを知らぬ精農で、耕作と施肥の天才であるという。彼らの穿《うが》つトンネルは雨水と空気が土中に浸透し、土地改良の道となり、岩石の多い底土でも、六呎《フィート》の深さまで食入って、それまでは深すぎて吸上げる力のない植物の根に、鉱物質の養分を運びあげる。彼らは地中の化学的成分を水溶性の養分にしてしまう。彼らに耕された表土は、それ以前の土に比べて、窒素分五倍、燐酸分七倍、カリ分十一倍に上る。驚嘆すべき話である。人間に大切な土地は広さよりも厚さであるが、人間の方はその表土を痩せさせる一方とは何ということであろう。人間は文明の反面に恐るべき、恥づべき痴迷を演じておる。大いなる反省と、精神革命・文化大革命を要するとしみじみ慎思《しんし》させられたしだいである。（昭和五十一年十二月）

世と我

世と我

日本人はこのごろ目だって生活に逐《お》われ、ラジオ・テレビ・映画・スポーツ・音楽・演劇・競争ごとと、あらゆる娯楽に走り、ジャーナリズムに載《の》せられ、集団に混じ、組織の中に織りこまれて、自分でものを考えなくなり、一握りの指導者に左右されて、右往左往している。たしかにG・ハイエットの警告した通り、「大多数の人間は、たわいない娯楽に耽って考えることを放棄し、ほんの少数の政治家・思想家や、専門家だけが物を考える世の中」になっている。これが恐ろしい専制独裁政治の生ずる温床である。

せめてわれわれはこの趨勢の中に捲《ま》きこまれて、自己を失ってはならない。毅然たる主体性を堅持せねばならない。しかし、これは容易なことではない。

Ich will mein bleiben.　私が一高に入って初めてドイツ語の本が読めだした頃、ある日ニーチェの何かを読んでいて、人はIch will mein bleiben. 余は余たるに止まらんという決意を抱くべしという一語に出会って、霊感に打たれたことを未だに覚えている。この世に汝だけにしか歩めない道がある。この道が何処《どこ》へ往くかなど案ぜずに、ただその一路を歩め。そしてIch will mein bleiben. という決意を抱かねばならぬというのである。

従所吾好　「富にして求むべくんば、執鞭の士と雖《いえど》も吾亦《また》之を為さん。如《も》し求むべからずんば、吾が好む所に従はん」（論語・述而）と孔子も断言した。従吾という雅号や室名が少なくないが、これは決して世に拗《す》ねるのではない。自己良心の主体性を失うまいと自らいきかすのである。

心ある人々が生涯守るべきことの一つは「独坐」することである。住居を定める時、たとえ著物は売り払って、毛布にくるまっていようとも、注意して自分の部屋だけきめて置くこと。

かつてアメリカのコンコードを訪うて、さんざん苦労の末、エマースンの墓を探ねあて、墓畔を徘徊した時も、どういうわけか、エマースンのこの言葉を思い出した。こういうのが、たしかにいわゆる偉大なる会話である。

独在　孤独に堪《た》えないということ、なにかに紛《まぎ》れておらねばおられないということが現代生活のいちじるしい特徴であるが、これはもちろん真実の自己というものを失っているために、また文明の雑駁な刺戟に駆られてだんだん真実の自己を失わされるために、そうなるのであるが、そこから世のなか全体が狂躁化してゆく。「徒然《つれづれ》わぶる心はいかなる心ならむ。紛るゝ方なく唯独り在るのみこそよけれ」と兼好はいっているが、ショーペンハウエルも、人は他の人々と接触する必要が少なくてすめばそれだけ幸いである。自分自身一切の中の一切であり得る人こそ、幸福と心情の平静との最善を保ち得ると語っている。

それは決して単なる寂静主義 quietism ではない。あくまでも自ら主となり、自己が自己を把握すること、自得である。自慊《じけん》である。それでなければ結局退屈、ショーペンハウエルいわゆる langeweile である。これに反して自得のみが、真の創造活動を能くする。鳶飛《よくひ》魚躍である。

現代を救う者　は断じて現代の何々運動家なる者ではない。もっとも能く現代を離れ得る者にして初めてもっとも能《よ》く現代を救い得るであろう。「内面生活という私的な、隠れた、他人と分ちあうことのできにくい非民衆的なもの、これこそあらゆる独創性の源泉であり、あらゆる偉大な行動の出発点である。これのみが個人をして群衆の間に在って自己の人格を保たせ、現代都市の乱雑と騒擾の中で、精神の自由と神経の平衡を維持させる」という深遠な医学者A・カレルの言は正しい。（昭和三十四年七月）

春の夜の独語《ひとりごと》

一　いかになりゆく世の末なるらん

ふと蘇東坡《そとうば》の有名な春夜の詩が念頭に浮かんだ。「春宵一刻直《あたい》千金。花・清香有り。月・陰《かげ》有り。歌管楼台《ろうだい》声寂《せき》々。鞦韆《しゅうせん》院落夜《よる》沈々。」いかにも佳作である。ただし直千金などとははなはだつまらぬ、卑俗であるといった人もある。同感である。ただ弁護すれば絶句であるから韻を踏まねばならぬ。いわゆる十二侵の韻で、金の字が用いやすい。それにしても俗は俗だ。あれほどの大家であるから、何とかなりそうなものだといわれれば、それまでである。ただ今夜はそういう閑話ではなくて、この頃の世相のいかにも殺風景なことが念頭に浮かんで、それからそれへと連想がひろがるのである。そのうちに先日思いがけない知人から、この頃の人間は果たして幸福になったのでしょうかと独語のような問を聞いた。

それが妙に心に残って、今夜独坐の念頭にまたふっと上った。戦後の日本に知られたドイツの歴史家・作家の一人F・ティースFrank Thiezのいったことが、この頃、ときおり街頭で想い出されたためであろう。

「街を狂走している人々の顔は不機嫌な下卑たものである。明朗なもの、希望に満ちたもの、確信に溢れたものは、すべてその相貌から消えている。特に暴走族の人間にいたっては全くその乗物に同化してしまった。彼らは緊張し、から(空)になり、真直ぐに前方を睨《にら》んでいる。このモーター化された人間はいくぶん昆虫的なものに化している。空中をぶーんと飛ぶ大きな甲虫は、ただ一直線に前進する衝動力に駆られているのである。暴走族の少しでも速く到達しようとするあせりと、そのためのスピードの陶酔とは、ますます本能という性格を具えてきた。多くのモーター狂にとって、街路は家の代りでもある。その結果、彼らはまったく想像できないような精神的偏狂を生じている。閑坐・休息・放念・安定の心は失せて、文明の便利な器具は家庭の余裕の場を占領し、テレヴィは家庭の静穏を破り、児女の理性や躾《しつけ》を奪ってしまう。

享楽は人を卑俗にする。かつて人々はみな飢と欠乏とを知った。激しい独裁者の時代に疲労と不安を体験した。今世の自由と享楽の堕落は、本当は必要でない物資の消費を増大して、大切な精神的なものの解体を招く。歴史を深く知れば、通常進歩の名の下に肯定されるものも、多くは時世にともなう変化に対する好奇と独善にすぎぬことに気がつく。現代ほど平和と自由について語られる例はない。それは語る人間自らがそれを誤る恐れがあるからではなかろうか」(同著『蛇は草中に窺う』より)。

現代はいろいろの意味での病人が大変多くなっているから、私は力《つと》めて専門学の新しい注釈の一種としても、一見畑違いのような医学者哲学者の警告に注意することを心がけておる。現代医学の老大家A・ヨーレス Arthur Jores の『医家の寄語』Das Wort des Arztes にも深く心を打たれたことがある。曰《いわ》く、「数年前、人間の疾病の諸現象について、私は大規模な調査を行ったが、それによって人間に独特なものというのが当を得ているような、相当大きな疾病の一群があることが証明された。そういう病気は、他の動物には起こらない内的な要因によるものと解すべきである。他の動物はもっぱら伝染病と寄生物による疾患のために死ぬ。この二種の疾病は、人間においてはだんだん減少しており、これは確かに医薬の効験による。人間に独自な疾病というのは、その原因がなにか人間の特別な理由にあることを暗示している。それは動物とはちがって、心理的・精神的領域に属するものである。自然科学の集注的研究によってもわからなかったという事実によってさらに実証される。それらはいわゆる文明病のグループと同一である。実際に未開民族集団には起らないということも判明している。要約すれば、人間の健康にとって、少なくとも三つの根本条件を挙げることができる。その一、人生とは人間が自ら生得しているもろもろの可能性を開発顕現することであり、したがって自分自身に意義使命を体認すること。その二、人間は家族・交友・職場・社会の中に親しい関心を持つこと。第三は自我の小さな殻から蟬脱《せんだつ》して、常に大いなるもの・高きもの・貴いものに参じ、精進を怠らぬことである。せっかく貴重な人間の意義使命を忘却して、低級な安逸・享楽と、そのための金銭を主とする成功のみに心を奪われるのはもっとも不健康である。現代の大いなる誤謬は人間の放縦ということであり、もしこれ以上人間が誤った生き方をつづければ、頽廃と疾病がこれを清算するであろう」――ヨーレスの結論は正しい。

我と世

この天地にはいわゆる哲学などの思いもつかぬことがいくらでもあるものだとは、シェークスピアの名言だが、「全く何一つ突然起ることはない。その生れて育つところを見ていなかったものが、しばらく後にそうと見出《みい》だすだけのことだ。偶然ということばは神を冒瀆するもので、太陽の下、なに一つ偶然はない」とレッシングもいっている。この頃大いなる天災地変の勃発する警告や研究が著しく多くなった。少し大きな書店にはいってみると、書架に類書を沢山発見することができる。そのもっとも興味の大きいものの一つはヴェリコフスキーの『衝突する宇宙』J. Velikovsky : Worlds in Collision であろう。これについてはとっくに本誌上でも紹介しておいた。何事によらず世間が騒ぎたてる頃は問題がすでに手遅れの状態に来ておると思わねばならぬ。為政者がもっとも速く着眼すべき問題であると思う。

今日本にとっても重要な問題の一つである北東シベリアは世界中で最も寒い地域だが、太古アメリカのミシシッピー流域や、赤道の通っているアフリカを襲った氷河はここに及んでいない。しかしシベリアのマンモスは絶滅した。それも急激な天災地変によるものであることは証明されている。一七九九年マンモスの冷凍体がツンドラの中から多数発見された。身体はよく保存されており、橇《そり》犬はその肉を食べて平気であった。それは冷凍牛肉のように新鮮に見えた。彼らの胃の中や歯牙の間に未消化の草や木の葉が発見され、彼らが何か大いなる突発事変のために急死したことも明らかにされた。考古学的研究の発達は多くの発掘物により、従来閑却されている世界各地の古代伝説記録なども改めて見直さねばならぬことになり、天文学界までが大いに色めいている。

東洋では古来天災（変）地変（異）人妖といって、この三者の甚深《じんしん》微妙な相関関係を力説している。その究極は政治を善くすることと、人々が身を修めることである。A・シュワイツァーも、その『文化と倫理』の中に、世界を善くすることは、いろいろ対策を施行する前に、まず人間自身の考え方を改正することによって始めて達成されるものだということを自覚する時、ようやくものになるだろうと断言している。新しい政策を立案し、新しい制度を作るというだけではうまくゆくものではない。われわれ自身を、われわれの考え方を、われわれの道徳的政治的意志を正さねばならぬと、「原爆と人間の未来」についてK・ヤスパースの直言しているのも、正覚というものである。

しかるに「われわれの時代は大きな力を自己の中に感じながら、それをどう理《おさ》めたらよいかわからない時代である。あらゆる事を処理しながら、自分自身を修められず、自己をもてあましておる。そしてわれわれの時世は、以前よりは多くの手段、多くの知識、勝れた技術を持ちながら、過去の時代よりも不幸な危険な時代として、風濤の中に漂うているのである」とオルテガもその名著『大衆の叛逆』の中に歎じておる。同感に堪《た》えない。真の国際連合は今日なお存在している世界の多くの部分が廃墟になった上にしか設立することができないのであろうと、A・アインシュタインがその『晩年の生活より』に書き遺しておるのも折にふれて思い出すことである。国際連合どころではない。国際ハイジャックが実は深刻な問題である。ソ連政府から追放処分にあったソルジェニチンが、「ハイジャックその他あらゆる形のテロ行為は、誰もがすぐ屈服して彼らのいう通りにする——という当《まさ》にそれだけの理由で何倍にも増大してきておる。だが何らかの断乎たる処置が実行されれば、テロは永遠に消滅されてしまうだろう。われわれは正義や法、相互の合意を暴力を用いて蹂躙《じゅうりん》する権利が存在するような考えを、人間の意識から追放しなければならない」といっているのは痛切な正論である。その点、暴力というものを正しく貴いものに鍛えあげた日本武道など、改めて真剣に考えてみなければならぬ。「文王赫怒《かくど》」という名言に襟を正すべきものがある。(昭和五十二年三月)

二　世の行く末について

学問と学者

記憶というものは不思議なもので、雲か水のように、ふっと浮かび、また消えてゆく。今暁目が覚めた途端《とたん》に、「たいていの学者というものは銀行の出納係りのようなもので、多くの金幣を保管しているが、それは彼のものではない」という語が念頭に浮かんで、いかにもと苦笑を覚えた。たしかベルネ L. Boerne、ドイツの鬼才で、晩年パリに住み、有名な『パリ便り』を書いた彼の語であったと思う。「乾からびた学問というものはない。乾からびた知識と学者とがあるだけだ」という語も思い出した。これは誰の言かその人を思い出せない。同様の説はほかにも沢山有ろう。この頃の世の中に生きていると、ほんとに「乾からびた学問というものはない」ということに気がつき、また「銀行の出納係り」ではないが、現代に通用する古人の金言がいくらでもあることに感を新たにする。

理想と平凡——荀子《じゅんし》と至治論

『荀子』に「治の至れるもの」すなわち理想的な政治というものを説いている。古人の言と思えぬほど現代に通用するものがある。曰《いわ》く、

民衆が実直である。

声楽が下卑ていない。

衣服が挑発的でない。

公務員を敬愛してよくこれに従う。

あらゆる役人がひきしまっており、ゆきとどいて、真面目で、信頼でき、手ぬかりがない。

身分のある公人たちは、出勤・退出に私事を交えない。

徒党派閥を作って相争うようなことをしない。

誰が目にもはっきりと、いかにも公人らしい。

政府は静かで、何事もてきぱきさばいて、停滞しない。平和で問題がないようである。

別段労せずして治まり、簡約で、しかもゆきとどき、煩わしくしないで、仕事が運んで

ゆく。——

まことにいわゆるぴたりではないか。今日の有様はどうか。

一般に実直という風が少なくなった。流行の声楽や服装はどうか。いかにもだらしなく、挑発的である。

民衆は役人に反感を持ち、役人もまた未《いま》だいわゆる官僚的な弊風を改めておらない。社用族とか官僚族のなかにも、労働組合の幹部も労働貴族といわれて、荀子いわゆる私事をほしいままにしている者が多い。徒党派閥の堕落は目にあまるものがある。

事務の煩雑は依然としてひどい。

公務は大切なものほど一向《いちこう》かたづかない。児玉ロッキード事件や、鬼頭判事補電話事件などが、だらだらといつまでも続いている。愚かなことである。平和とか無事とかいった実はどこにもない。「治の至り」ところでなく、「危の至り」である。

兵書『三略』の下略に、「衆疑へば定まる国無く、衆惑へば治まる民無し。一悪を賞すれば衆悪帰す。一善を廃すれば衆善衰ふ」といっておることが、そのまま現今も行われている。

現代とエピメテウス Epimetheus

先日ある小集で、一人がわれわれはみなエピメテウスだからなというと、そりゃ何だ？と忽《たちま》ち質問が起った。私はそばで苦笑した。エピメテウス Epimetheus は最高の神ゼウスが人間に愛想をつかして秘していた火というものを人間に与え、恐ろしい罰を受けたプロメテウスの弟で、禍《わざわい》の女神パンドラを娶り、人間にあらゆる災害をもたらす原因を作ったといわれる。プロメテウスの名が「前に考える男」という意味であるのに対して、エピメテウスは「後で考える男」を意味する。いかにも今日の世の中は後で考える人間・エピメテウスの亜流がなんと多いことであろう。「作《な》してのち悔ゆ。亦《また》及ぶなきなり」（左伝・哀公六年）だが、しかしまた、「悔は改なり」（玉篇）で、悔い改めるという意味もある。人間味豊かなことで、この故に悔を雅号とした古人も少なくない。幕末明治の碩学楠本端山も名は後覚、悔堂と号し、その先輩の大儒塩谷宕陰《しおのやとういん》も悔山と号した。中国にも悔斎・悔生・悔遅・悔余など、悔字が多く活用されている。

今日の文明人・文明生活は大いに悔い改めねばならぬこと限りがない。しかしこれは難しいことである。現代欧洲文明に墓鐘をつく人々も多い。現代自由主義イデオロギーも影が薄れた。J・バーナムなど、是《かく》の如きものは西洋衰退の表現の一として反省されねばならぬことを詳論し、それは歴史の進行にともなう一種の随伴現象であり、また美しくいえば蒼然たる暮靄《ぼあい》であり、あるいはまた白鳥の臨終に謳うという微妙な調子の歌であり、重態の子供につぶやく母親の愚痴と同じたぐいの精神的自慰である。それは敗北を勝利とし、放棄を従順とし、怯惰を勇気とし、後退を前進とすると詳論している。

これまで行われた共産主義者と自由主義者との間のどの交渉でも、譲歩の大部分乃至全部は、いつでも非共産主義者側からであって、真の政治的・戦略的利益は毎《つね》に共産主義者へ往ってしまっている。ヴェトナムやカンボジアの終局と惨状はそのもっとも痛烈な実例ということができる。

故ケネディ大統領は、ソ連・中共のいずれもが世界支配の野望を捨てたと欺かれて信ずるようになってはならぬと力説したが、いわゆる自由主義者平和主義者の多くは、そう信ずるよりも、信じたいのである。それによって自ら寛《ゆる》うすることができる。一種の怯惰な自己欺瞞に外ならない。ダレス国務長官の強硬政策にはアメリカの自由主義者も多く反対し、ダレスは聖書の愛読者であるが、しかし彼の聖書には「汝の敵を愛せよ」という大切な句が脱けておるのであろうというような皮肉がとばされた。自由主義者の偽善と怯惰の逃げ口上にダレスは慷慨惜《こうがいお》かなかったが、ついに病を発して長逝した。その後の長期にわたるアメリカの泥沼的苦戦と大敗、ヴェトナム、ラオス、カンボジアの長年月にわたる惨劇を思う時、識者は誰しも感慨無量であろう。ヴェトナムといえば、漢初の傑物で、ここに派遣されたことのある陸賈《りくか》に『新語』という名著がある。その中に「小人は和を以《もっ》て相《あい》欺く」と指摘しておることを思い出したが、痛切な言である。

政治の現実と帰結

今日は民主政治の時代であり、大衆の勢力が高潮に達している。先日珍しくフーシェJ. Foucheの伝を読んでいる人に会った。フーシェはいうまでもなくフランス革命当時、謀略政治家の代表的人物である。その伝を書いた有名なS・ツワイクがしみじみ語っておるが、「昔から政治の世界には道徳不道徳などに無関心な策士・陰謀家、平気な裏切者、打算本位の変節常習犯、薄気味悪い爬虫類的性格、人々の批判など蛙の面に水のあつかましい野心家などが沢山おる。裏に裏があって、その行為の表面だけでは察しがつかず、後になって、さてはそうだったのかと気がつくように行動できる人物が少なくない。立派な精神人格の士が世にあたえる感化はもちろん偉大であるが、現実政治においては、勝れた人物や高い理念によって政治が行われることはめったにない。それより遙かに価値は低いが、要領のよい連中、舞台裏の人間が主役を演じている。第一次世界大戦のようなものでさえ、戦争及び平和の世界的な決定は理性と責任から断を下されたものではなく、はなはだ怪しげな性格と不十分な知性しか持たない、影に隠れた連中の手で行われたのである。そしていつになってもまた相変らずわれわれは同様なことを見せつけられている。はなはだいかがわしい、往々罪悪につらなる政治という賭博、多くの国民が性懲りもなくこれを高く買って、彼らの未来、彼らの子孫をそれにかけている」のである。

その点ツワイクの時代も、今日も別段変りはない。スターリン、フルシチョフ、ブレジネフや毛沢東・周恩来・華国鋒・金日成等、みな品好くいえば兎三窟《とさんくつ》・貉一丘《かくいつきゅう》。くだけていえば同じ穴の貉《むじな》である。これらと応酬し、駕御してゆくことは大変な仕事であろう。そこでよほどの勝れた人物でないかぎり、見識と信念とをもって堂々と起ち向うことは難い。多くは時世に阿諛迎合する。それは結局混乱と破滅を招くに終る。そこで東洋流にいえば、義心赫怒《かくど》す（詩経大雅・皇威文王）。革命の興る所以《ゆえん》である。しかしそこにもまた奸佞《かんねい》の乗ずるものがある。結局、「安くして危を忘れず。治まりて乱を忘れず。存して亡を忘れず」という『易経』の名訓・三不忘をいかに実践するかということである。そのもう一つの帰結はこの要請に応ずることのできるエリートの組織活動である。それができなければ、世の中は一応混乱を免れない。その結果は神のみぞ知るというほかあるまい。岡倉天心の祈りに曰く、「南無大煩悩・南無大光明」。（昭和五十二年四月）

アブサードとディスオーリエント

――一隅を照らすことの大義――

世の移り変り

新幹線のひかり車中でのことである。揺れがひどくて読書も続かず、目を閉じて閑想に耽っていると、隣席の若い紳士たちの話が聞える。「僕はこの頃すっかりディスオーリエントだ、方向オンチか、どっち向いて往ったらいいのかさっぱり分らんよ」。「みんな、そうなんだろう。何しろアブサーディズムの時代じゃないか。何が何だかわけがわからん」。どこかの大学の若い先生たちであろうか。そういう口吻《こうふん》であった。ディスオーリエントは disorient、アブサーディズムは absurdism のことであろう。世の中はまったく不条理きわまる。勉強ざかりの若い身空で、口を開けば人生の矛盾だ、行きづまりだ、無意義だ、ナンセンスだと決めこんでしまって、求めて自暴《やけ》になり、それに内心甘えて、衝動に任せ、

我

と

世

独りで深刻がる、そんなアブサーディズムが確かに横行している。真剣に苦しんで、ひたむきに学問する、大著と取り組む、苦学練行するということがない。本当に無方disorientedで、何処《どこ》に往く？　と心配される。

最近マリー・クァントMary Quant（ミニスカートを発明した有名な婦人ディザイナー）が毎日新聞の請いに応じて寄稿した中に、世の貴族富豪ら少数のブルジョア婦人のために想を凝《こ》らして作ってきた在来の服飾に自分は娘の頃から反感をもって、それが原因で思いきった型破りのミニスカートを工夫し、幸いに大当りをとったが、実をいうと、もう自分にはこの頃ミニスカートもまったくつまらない。つくづく厭《いや》になった。しかしながら、さてこれをどうすればよいかということになると、さっぱりわからない。大方の教えを乞うものであると告白している。まことにおもしろい。今の世の流行は万事この通りではないか。

いかにも人間というものは、苦難に耐《た》えるよりも安逸に耐える方がはるかに難しい。川が滔《とう》々として海の中に消え去るように、好《い》い気な流行というものは、いつのまにか時勢という波瀾のなかに消散してしまう。衆人は日常いろいろ気使いは激しいが、精神の方はとんと働かない。因襲に慣れて愚昧である。世界の政治という大舞台についても同様である。

日々の事件と情報は大変なものであるが、試みに一九四五年の終戦時にさかのぼって、それからのわずか四半世紀二十五年の変遷を記録によって点検してみると、実に驚くべき愚昧と錯覚に充ちている。やはり賢者の教えの通り、この科学技術革命に勝るとも劣らぬ精神革命が行われぬ限り、そしてそのことは他人事でなくて、実は各人の自己革命に存することであるが、それなくしてこの文明と人類はとうてい救われるものではない。たしかに道心ある者は国宝である。一隅を照すということが、一番確かな大道である、オリエンテーション（定位・義方 orientation）である。

賢帝の述懐

M・アウレリウス帝（一二一―一八〇）が、

自分は祖父から礼儀を正しくすること、激情を制することを学んだ。

父から謙譲と男らしい気品とを学んだ。母から敬虔と仁徳と、また悪い行いばかりでなく、悪い考えも忌《い》むべきこと。富者の習慣とは異なった素朴な生活方法などを学んだ。

師（ルウスティカス）から、自分自身の性格が矯正と修練を要するという肝銘を受けた。

アレキサンダー（プラトン学派）から、自分が忙しいということを口癖にしたり、手紙に書いてはいけないこと、また用事にかこつけて、それを口実に自分の親しい人間との間の交誼に必要な義務を怠ってはならぬことなどを学んだ。

という自述など、始めて読んだ若い日より、年をとったこの頃かえってしみじみ玩味されることである。しかし、人間が自分自身をどうするかということが依然として一番むつかしい。去年七月二十一日アポロ十一号が始めて月着陸に成功した時、英のガーディアン紙は、人間は自分のことの解決を除いては、何でもできると評した。またタイムズ紙は、この大事業を成し遂げた国がいまだに国内の社会問題を解決できていない以上、これは人類に対する問責でもあるといっている。デーリ・テレグラフの如き、「ダイアナ（Diana 月の女神）の凌辱」と題して、われわれの力は前進してやまぬが、神よ、願わくば力に伴う傲慢と危険とを避けさせ給わんことをと書いた。

最初にアブサーディズムという車中耳にした語から筆を進めたが、今日慢性的な言論や運動についても、正にこの感が強い。問題の日中貿易についても、元来その原則は自主・平等・互恵・内政不干渉という相互約定にあることはいうまでもないことである。それにもかかわらず、中共側ははなはだしくこの原則を無視して日本に盲従貿易を強いようとしている。それらの根本問題を明確にしないで、いたずらに迎合や紛議を事とする日本側は正に一つのアブサーディストに外ならない。

平和のための闘争なども、落ちついて考えれば噴飯すべきアブサーディズムである。「日本におけるわれわれの戦いこそ、ヴェトナム戦争を決定的に左右し、民族独立・真の平和と繁栄を求めているアジア・アフリカ諸国民との真の友好と信頼をかちとり、国際的な反戦・反帝・平和の戦を勝利に導く道である」というような社会党の常套演説など、冷静に聞く人々にはそれこそナンセンスという外はない。社会党の政治闘争がどうしてヴェトナム戦を決定的に左右にするものであるか。アジア・アフリカ諸国民が友好信頼の心を寄せるか。空論ということがあるが、これは空論を通り越した妄論であり、それこそサイケデリック（幻覚）演説とでも評すべきものであろう。

変じて道に至るか

先日ある会合で、ゴッホの芸術の話を聞いて、すこぶる興味を覚えたが、そのゴッホのいった言葉、「一つ大切なことがある。それは自分の時代の虚偽に欺かれないことだ」。正にそうだ。彼は、「こういうデカダンスの時代では、古代の人々との内面的な交わりを求め、現在を知らないでいた方がよい」と、東洋の隠者のような言をすら吐いている。芸術家なら、それもできることである。古人には隠遁の自由があった。しかるに自由を大旆《はい》とする今日のいわゆる進歩的諸国にいかに自由がなくなっているか。去年の正月オランダ駐在中共の大使廖和舒《りょうわじょ》(舒は叔ともいう)はハーグの中央警察に飛びこんで亡命の許可を乞い、ハーグから西独へ、それからアメリカに脱した。その前に、アフリカのブルンジに中共の文化補佐官として在任していた董《とう》済平も亡命した。この正月早々チェコ共産党中央新聞課長であったスザン・ハブリチェフはスウィス政府に亡命を乞うて許可された。ポーランド元国連大使のユリウス・カッスヒもデンマーク政府に亡命を認められ、大学教授になっている。元ウクライナ軍区司令官ヤキル将軍の子で歴史学者のピョートル・ヤキルら五十余人のソ連亡命者が、国連人権委員会にソ連国内における人権擁護方を提訴したのは昨年の夏であった。そんなことは枚挙に遑《いとま》もないが、いずれもどうなったことであろうか。しかしこういうことはほとんど忙しいマスコミは問題にしない。こういうこととは比較にならない大きな非道と危険とが中東にも中国にもソ連にも多々あるが、それも問題にならない。いたるところに大偽が公然として行われている。これは文明ではなくて文冥《ぶんめい》である。こう

郵便はがき

料金受取人払

名古屋中局
承　認

3341

差出有効期間
平成19年12月
31日まで

4 6 0 - 8 7 9 0

303

名古屋市中区
丸の内三丁目6番27号
(EBSビル八階)

黎明書房 行

購入申込書

●ご注文の書籍はお近くの書店よりお届けいたします。ご希望書店名をご記入の上ご投函ください。(直接小社へご注文の場合は代金引換にてお届けします。送料は200円です。但し,1500円未満のご注文の場合，送料は500円です。お急ぎの場合はFAXで。)

(書名)	(定価)　　円	(部数)　　部
(書名)	(定価)　　円	(部数)　　部

ご氏名　　　　　　TEL.

ご住所 〒

ご指定書店名(必ずご記入下さい。)	取次・番線印	この欄は書店又は小社で記入します。
書店住所		

愛読者カード

－

今後の出版企画の参考にいたしたく存じます。ご記入のうえご投函くださいますようお願いいたします。図書目録などをお送りいたします。

書名	

1.本書についてのご感想および出版をご希望される著者とテーマ

※ご記入いただいた個人情報は，当社出版物の企画の参考とさせていただくとともに，ご注文いただいた書籍の配送，お支払い確認等の連絡および当社の刊行物のご案内をお送りするために利用し，その目的以外での利用はいたしません。

※上記のご意見を小社の宣伝物に掲載してもよろしいですか?

□ はい　□ 匿名ならよい　□ いいえ

2.過去一カ年間に図書目録が届いておりますか?　いる　いない

ふりがな
ご氏名　年齢　歳
ご職業　（男・女）

（〒　）
ご住所
電話

ご購入の書店名		ご購読の新聞・雑誌	新聞（　） 雑誌（　）

本書ご購入の動機（番号を○でかこんでください。）

1.新聞広告を見て（新聞名　）　2.雑誌広告を見て（雑誌名　）　3.書評を読んで　4.人からすすめられて　5.書店で内容を見て　6.小社からの案内　7.その他

ご協力ありがとうございました。

いう問題は政治では解決することができない。結局道徳の問題で、私は『論語』にある孔子の語（雍也）、「斉一変せば魯《ろ》に至らん。魯一変せば道に至らん」に甚大なる理趣を覚える。現代でいうならば、中ソ一変せば米英に至らん。米英一変せば道に至らんということができると思う。アポロ十一号が成功した時、フィナンシァル・タイムズ紙の、米ソ両国が月征服に投じた資金と熱意とを地上の問題に向けていたなら!! という記事を見て、私なりにいたく感慨を催したことを忘れることができないのである。（昭和四十五年七月）

時世の推移

時世の推移

欧洲史上有名なカルル五世（一五〇〇—一五五八）は、欧洲に君臨していわゆる劇的な半生の後、修道院に隠棲した珍しい閲歴の君主であるが、そんなことは別問題として、その逸話の一に曰《いわ》く、「イタリア語は女と語るによく、フランス語は男と語るによく、ドイツ語は馬と語るによく、スペイン語は神と語るによい」と。その馬と語るによいというドイツ語で、Ich Lebe in der Bundesrepublik, 1961. という独乙《ドイツ》作家十五氏の説を集めた書をもらって、おもしろく読んだことがある。その人々の意見は最後に符節を合するように一致しておった。それは繁栄・安楽・経済が西独における一切の理想を抹殺したということである。人々は豊かさと安易な生活に甘んじて、もはや真面目に精神的価値や各自の人間的錬成の問題などに真剣な興味を持たなくなった。この状態をある作家は、ドイツでは人々は考える代りに食べるだけと評し、また他の学者は、昨日のドイツに共鳴を起すものはめったになかったが、明日のドイツは背筋を寒くするといっていた。繁栄が精神の衰退堕落現象を生じ、政治的にもドイツ統一という民族の悲願であるべきものに対してでさえ、関心が薄くなってきたというのである。

季節というもの

今、筆を執っているこの日は五月五日、端午の節句であるが、一般には「こどもの日」と呼ばれている。紀元節・天長節等々すべて「節」がなくなり、建国記念の日・天皇誕生日、それから父の日・母の日等々に変化した。旧来節日には民家すべて神におそなえものをして感謝し記念する習わしで、これを節供《せっく》という、節句とも書いた。節は一つの締め括《くく》りで、四季も季節であり、人間も気節・志節・節操・節義・節度などというものが大切であった。この大切で有意義な節を無くしてしまったことは惜しむべきことで、なんとなく日本人がこの頃だらしがなくなったのも、こういうことに関連があると思われる。

日常茶飯事

お椀の吸物は旨《うま》いもので、とくに「あさり」「はまぐり」など、日本人の食卓になくてならぬものだが、貝殻など邪魔だといって、殻を棄ててしまい、剝実《むきみ》だけで吸いものを作ればまずいものになってしまう。貝殻は単にお添え物ではなく、そのもの自体からも独得の味が出る、それは琥珀《こはく》酸であるなどというのも野暮であろう。日本酒独得の風味もこの琥《こ》珀《はく》酸に在るというが、それはそれ、風味は風味である。

学べば人間万事神秘ならざるはない。朝起きて、水で顔を洗うとき、ふっと気がついて、しみじみ水を見つめることがある。われわれの身体の重量の五十%から八十%は体液であり、この中にわれわれが生きてゆくのに必要な水分や塩分を含有して、微妙な科学反応や新陳代謝を営み、水分がもし体重の十五%相当量減れば、哺乳動物はもう生きてゆけない。鳥類のようにどちらかというと水には縁遠い動物ほど水分を大切にし、その排尿など非常に濃縮したものであるという。水がいかに大切かということはちょっと外国旅行をすれば一番痛切にわかる。日本を離れてもうタイ国のバンコックなどに行けば、たちまち水に注意せねばならぬ。都の女王などといわれるパリにゆけば、生水など飲めるものではない。山紫水明の日本は何というありがたい国かと思う。まことに可愛い子には旅をさせよである。

生理と道理

近代の偉大な医学哲学者であったA・カレルの『人間―この知られざるもの』は名著として識者の間に敬重されたが、その遺著『生命の営みについての考察』も『生命の智慧』（日本教文社）として二十年ほど前に訳出されておるが、今はなかなか入手し難い。このごろの時世と人間とを省察する時、よく思い出される名著の一である。その中にこういうことが論ぜられておる。

生きるということは今日の時世では欲望をみたすということで、そのために人々は利益を追求することに専念し、物質を偏重して、精神的なものを経済的なものの犠牲にしてしまった。人間の身体というものは自律的統一体であり、その全部分は相互に機能的相関関係にあり、また全体への奉仕者として存在しておる。たとえば甲状腺は血管の中にサイロキシンを分泌する。これが止まると、知性も、悪と思う心も、美への感覚、宗教的感情もなくなる。脳下垂体からの抽出物プロラクチンを雌鼠に注射すると、その母性本能を昂進させる。マンガンを餌から取り除いてしまうと、母性感覚を失うし、沃度《ようど》の欠乏は白痴（クレチン病）化を生ずる。自然の秘密ほど計り知れぬものはない。その秘密を知る分析的技能の中でもっとも微妙なものは内省というものである。経済人などというものは自由主義とマルクシズムの作ったもので、自然が造ったものではない。世界には秩序がある。各存在の活動はその構造秩序に由来する。自然の理法は物の在り方を表明しておる。進歩というものは犠牲を要する。犠牲なくして精神的向上はない。かつてはそういう正しい資質の人々が民間の名も無い人々の間にも存在した。精神の進化はごく少数の人々においてしか成就しない。近代社会は精神向上の法則への不服従という基本的誤謬を犯した。人間には道徳的退廃の方が知能の不振よりも悪い災害を招く。善とは自然と人間の本質的傾向に一致していることであり、悪とは生命と人格との発展向上に反することである。徳は偏屈な人間のために誤解され、偽善や不寛容や苛酷や正直ぶることと混同された。——然《しか》し有徳でないことは実は愚劣なことで、発動機の中にガソリン代りに水を入れ、機械の油に砂を投ずるものである。

いかにして人間はその生命力——性命力を高めるか。その方法は一に辛抱強く、根気のよい日常の努力である。心臓・血管・内分泌腺・解剖学的全体系の無意識的努力、意志と知能と筋肉との意識的努力、自己に規律を課すること、自己を支配する修練——ここに救いと進歩がある。軽々しく抽象化を好むことは無力を生む。行動力は情意の秩序に属する。

魂の深みから潮のごとく感情の泉とともに湧き上る外はない。知性というものは道を照すだけで、道を歩ませる原動力ではない。思想は魂から湧出する時、始めて創造的になる。正しい感応には内的生命の静寂を必要とする。新しい理念の火がひそかに伝わってゆく竈《かまど》を作るには二人乃至三人で十分である。

人間も子供ほど猿のごとく、模倣本能をもっている。そして善よりも悪の方を真似やすい。彼らは知らず識《し》らずのうちにその友達や学校の先生、親兄弟たちに見習う。テレヴィや雑誌等に表れる実在の、あるいは作られた人間等の真似をする。フェヌロン Fenelon（一六五一——一七一五、フランスの大司教・思想家。良妻賢母主義の提唱者）はいった。「子供達のうちにある模倣への本能は、もし彼らを前にして省みることを知らぬ人々に任されると、限りない悪を生み出すものである」と。しかし子供らは何事にも敏感である。とくに教訓や言葉ばかりではなく、模範と実践躬行《きゅうこう》に憧憬している。それについては子供を生む若い女達に正しい学問教養を身につけさせねばならぬ。フェヌロンの熱烈に提唱した良妻賢母主義は根本において正しいものである。

しかし何もとりたてて良妻賢母を言挙《ことあげ》することもない。良夫賢父も同理であるが、道徳は自然がよろしい。ゲーテの畏友であったF・クリンガーも、道徳感に豊かな人は彼の義務が要請する時と場合とにおいてのみ世間の舞台に表れねばならぬが、その他では一个《いっこ》の隠者として彼の家族の中に、わずかな友人と共に、また彼の書籍の間に、精神の国土に生活しなければならぬといっておることを瑞西《スイス》の賢人K・ヒルティもその処世論に引いて共鳴している。

名家訓四条

私の愛読している家訓の一に『顔氏《がんし》家訓』というものがあって、紹介したこともあると思う。顔氏は顔回《がんかい》ではなくて、北斉《ほくせい》（六世紀中葉）顔子推《しすい》の撰である。その家訓より四条を摘録してときどき鍼砭《しんぺん》に用いておるが、

その一、吾《わ》れ世間を見るに、教無くして愛有り。成長するに逮《およ》んで終《つい》に敗徳を成《な》す。

その二、吾が徒は十丈の松樹。常に風霜有るも凋悴《ちょうすい》すべからず。

その三、君子の世に処するや、能《よ》く物に益有るを貴ぶ耳《のみ》。徒《いたず》らに高談虚論せず。

その四、三世の事、信にして徴有り。家業に心を帰して軽慢する勿《なか》れ。

吾が徒は十丈の松樹というあたり会心の趣がある。凋悴などしたくないものである。畢《ひっ》竟《きょう》心を養うほかはない。（昭和五十三年六月）

日本人の自害と交害

街頭風景――無性人

このころ街頭やテレヴィなどで、ときどき感ずることであるが、若い男女に、男やら女やらちょっと分らぬ者が多い。髪形から態度歩行まで、まったく紛らわしい。それもむしろ男に多い。これはいろいろの意味で厭《いと》うべき頽廃現象の一つであるが、それは別の問題とする。

面《つら》の皮の千枚張りなどという語がある。顔面は由来《ゆらい》雨風にさらされたりして、鈍感にできているものと思いがちであるが、専門家に聞くと、事実は逆で、たくさんな筋肉繊維が走っており、そこにはすべて神経の末端が分布して、過敏点で埋《う》まっている。これらの神経は感情や思惟に応じ、鋭敏に顔面を創作する。美しい情操や、ゆかしい教養をもった人の顔がなんともいえない魅力を持ち、心がけが悪いと人相も悪くなるのは当然のことである。顔面の中でも動く目もと・口もとはとくに意味深い。ところが近来、顔の化粧や技巧の流行によって、実はひどく顔を壊《こわ》してしまっている男女が多い。容貌ばかりではない、思想や行動の異常失調のために人間性の頽《くず》れた人物の多いこと目にあまるものがある。それにまた器械化・抽象化の普及につれて、型のごとき人間、没箇性の人間の続出も実は困った問題である。先日久しぶりにふとミレーの画を見たが、私はただ水を運ぶ女を描いたのではない。夫や子供のスープを作る水を汲む女を描いたのだといったそのミレーなどに、今の女を見せたらどういうであろうか。これは人間ではない、もちろん女ではないと怪しむであろう。欧洲にはまだ歴史伝統が根強く残っているから、新しいアメリカの方で、誰かこういうことについて面白い説がないものかと、それとなく意に留めておったら、ある時ふと詩壇に聞えたP・マックギンレー女史が好いことをいっているのが目にとまった。「女性は男性と平等ではないと私は強く主張する。女性は男性に劣るものでは断じてないが、さりとて決して勝るものでもない。いと簡単なことながら、両性は互いに異質のものである。そのむかし男性の対照として私共に払われた古風な、ほとんど神秘的ともいえる栄光は、もはや消え失せた。今の私共は平等と称する恐るべき重荷を背負っている。しかもそれは名のみにすぎない。――今の女子教育は男子用売場からの既製服である。作り直しもせねば、少しも身に合わない服である」と。

しかるに昨今はまたさらにマックギンレー女史を嘆かせるであろう、「性別のない服飾コーナー」がデパートにできて賑っておるそうである。民族の興亡を論じた史書に生涯親《した》しみ、二度も世界大戦に際会した私には、こういうことがとくに強く印象するのである。

SEXと言語文字の乱れ

目にあまり、聞くも煩《わずら》わしいのは、この頃の性とかSEXという言語文字の氾濫《はんらん》である。マスコミ商売がこれをもまた大々的に悪用して、教育家までが、さも大問題のようにこれを取り上げて迎合している。この流行も亦《また》もはや冷静にたち返るべき時である。ネグリジェなるものが街頭にまで進出した時、たまたま欧米を回って日本に立ち寄った香港の学者が、この人はユーモアに富んだ人であったが、西洋の女がカーテンの中で身に纏《まと》うのは一種の優情といえるけれども、日本の女がこれを街頭にひらひらさせるにいたっては一種の錯乱というほかはないと評するのを聞いて苦笑したことがある。開放とか解放ということも乱用すれば顛狂《てんきょう》となる。良識に富んだ専門家には異論のないことであるが、もったいぶった性教育の流行などは、もっとも性の真義の誤解であり冒瀆にほかならない。子供には人生の山野に対する清い感興を与えねばならぬ。性に関する医学・生理学・解剖学的知識などを軽々しく与うべきではない。人生の重要な諸問題は人間の成長するにつれて少しずつ次々に先方から現れてくるものである。それに応じて処置することが当然で、いわゆる性の問題も一律に拘泥《こうでい》し、卵を速く孵化さそうとして、むやみに外からつっつくようなことをすべきではない。それこそ啐啄《さいたく》同機（殻中の雛が生れ出ようとして内から合図するのが啐、これに応じて母鳥が外から殻を嘴でつき破ってやるのが啄）でなければならぬ。人間は幼少年時代ほど、成人的な欲望や理論や利害ではなく、光明や清浄を愛する心、羞恥心、勤勉の習慣、扶《たす》け合いなどの教育が必要である。ゆかしい精神的価値、自己人格の大成、言行のたしなみ——そういうことを忘れてしまって、食うこと・娯《たの》しむこと・遊ぶことなどが主になっては、やがて大きな社会・国家・民族の混乱・衰亡破滅になる。西独が日本より一歩先に復興繁栄しだした時、識者は逸《いち》早く「我が国の経済の繁栄・安逸・享楽・金・金が、ドイツにおける一切の理想を抹殺した。——今や人々は考える代りに飲み食いしている——明日のドイツは背筋を寒くする」と警告した（Ich Lebe in der Bundesrepublik, 1961.）。どうも日本はもっとひどいように思われる。

言語の乱れも空前であろう。アメリカのJ・オコナーの人間工学研究所で、あらゆる階層の人々四十万人を調査した結果、言葉を豊富に且《か》つ正確に知ることが、他のいかなる能力よりも成功の原因であることを実証したということであるが、成功よりもさらに人間の優情と幸福の上から言語文字の教養を重視せねばならない。その大切な言語文字を今日の新しい世代の人々ほど粗末にし貧弱にしておるものはあるまい。スペインの王からドイツの皇帝となり、ヨーロッパに君臨して、晩年帝位を去り、スペインの修道院に隠居入道したカルル五世（一五〇〇―一五五八）の有名な話に、イタリア語は女と話すによく、フランス語は男と話すによく、ドイツ語は馬と話すによく、スペイン語は神と話すによいといったというが、この頃の若いデカダン男女の語は何物と話すによいか。

節操――為さざる有るなり

日本の文壇にはお馴染のJ・スタインベックが何かに書いておった。「アメリカ人は昔は規律を持っておった。規律はすべての人々によって理解され、受け入れられておった。われわれは今や善悪の区別をつける能力を徐々に失っているのではあるまいか。規律は崩壊し、その後に、次のような一般的な考え方が腰を据《す》えるようになってきた――誰もやるから俺もやってよかろう」と。日本人もまたその通りになっている。スタインベックは、みんな横着をきめこんでいるその考え方がいけない。みんなどうあろうと、俺だけはせぬという勇気を望んでいるのである。孟子が力説している、「人為《な》さざる有るなり。而《しか》して後以《のちもっ》て為す有るべし」（離婁下）。吉田松陰が心服した大和五條の快儒森田益はこれを以《もっ》て節斎と号した。今日の日本人はこの気概、最も貴重な良心と自由を失って、すべて公共に寄生し、公共に不満を鳴らしてやまない。かつて文明の中心世界であったアテネの民は、自由を欲することから、さらに保障を求めるようになり、社会に寄与せずして社会から保障されることを求め、あくことなく自己の快適を望んで、ついに自由も快適も一切を失ってしまったと、有名な『羅馬《ローマ》衰亡史』にギボンは痛論しているが、それは今日の日本人に痛切な教訓である。

現在日本の政治家も官僚も、あまり当面の煩雑な問題に捕われすぎてはいないか。長期的展望や根本的哲学的問題に迂遠《うえん》すぎないか。ニクソン大統領の新しいブレーンとして脚光を浴びたキッシンジャー教授が、アメリカが緊急に必要としているのは、われわれがどのように歴史を作るかという自覚であると語っていたが、私はこれをわが国の教育家・政治家に切望するものである。（昭和四十五年十二月）

手遅れになってはならない

―自分らしく、そして快活に―

左の論は、昭和四十六年三月一日の照心講座における序説を筆記したものの一部である。

忘られぬ言葉

今朝、しばらく会わなかった友人が尋ねて参りましての話。かねて私から人間は二宿（宿便と宿慝《とく》。宿慝は、隠微の間に積った悪業）で死ぬということを聞いた。自分は、長いあいだ実は笑いを忘れておった。というのは、手術後の祟《たた》りで、腸の打動作用が悪く、そのために宿便に悩まされ、この語が身に沁みておった。それがいろいろ苦心惨憺《さんたん》するうちに、幸い善い治療家がおって、そのお陰でようやく腸の打動作用が復旧し、久し振りに快通することができた。それで自分はこの二、三月来、始めて笑いを取り返した。そこで先生の二宿の話を憶い出し、どうやら一宿の方の始末はついた。もう一つの方は、これはなかなかかたづきそうにありませんといって苦笑いをしておりました。それでまた私の方が思い出したのですが、

笑わなかった日

フランス革命の時に犠牲になったフランスのモラリストで特色のあった面白い人物N・S・シャンフォール N.S. Chamfort が、すべての日々のうち、一番もったいないのは笑わなかった日だ。こういうことをいっております。この言葉を時折思い出す。なるほど人間というものは、すべての日々、つまり明ける暮れるで、日を繰り返していくのだが、もっとももったいないのは笑わなかった日だ。人間笑いを忘れた、笑いを失ったというのは、これは味気ない、情ない。しかるにどうもこの頃、私も笑いを忘れる日が多い。あまり不愉快なこと、面白くないニューズが多い。とかく快活を失いやすい。読んでも、聞いても、見ても、現代世間の事象に嫌なことが多い。笑いを忘れることが多い。最近、青少年、ことに少年の犯罪、昭和四十五年度、刑法犯で検挙された少年犯罪は一一三、二九五件、大人の二、三倍になっており、十五歳の強盗が八十七人あり、十五歳の男女が心中している。

実にこれは恐るべきことで、近来毎日報道される成田国際空港の事件を見ても、あの何にもわからない少年少女、あるいは村の婦人たちを狩り出して、ああいう無茶な反対闘争をやらせる。それを持てあましまして、まことに苦渋とでもいうような状態に陥っておる。こういうことは一例でありますけれども、あまりに非理性的であり、あまりに非常識的というほかはない。しかもそれが自発的に行われておるのではない。みな陰謀・煽動で踊らされておる。思想界・教育界から政界・司法界まで、どっちの方面を見ても憂鬱になることが実に多い。それでまたふと思い出したことがあります。

自分らしく生きる——快活

過日同人の一長老の葬儀に弔辞を献ずることになり、思い起したことですが、当年日本の国内が、陰謀やら、テロやら、満洲事変・シナ事変等で、内外混乱がひどくなり、同氏も煩悶・懊悩しておられた時に、一晩しみじみ話し合った際、どうした拍子か私がこんな話をした。それはゲーテの詩句で、

民衆も下部《しもべ》も支配者も
心底の思いに変りはない

地上に生きる者の最上の幸福は
ただ自分らしく生きることである。

本当に我々の心琴に触れます。世間の生活ではみな自分というものを枉《ま》げたり、抑えたり、自分の心底の思いからいうと、心にもない、自分らしくない生活をしなければならない。これは本当にせつない事実である。氏はそれをしきりに書きとめておられた。

また一日何の折か、お互いの学生時代、大学時代に話が戻りまして、私が高等学校で始めてドイツ語を習い、皆さんもご承知のように外国の本が少し読めるようになったというのは大変気持の好いもので、私は漢籍は子供の時から読んだし、英語も中学の時から読んだから何とも感じなかったが、ドイツ語というものが初めて読めるようになった時に、大変もの珍しく、ドイツ語の本を貪り読んだことがある。マルクスの『資本論』なども原書で読み出したが、嫌になって途中でやめてしまった。ある時、名高いレッシングの『ミンナ・フォン・バルンヘルム』という小説がある。これをたどたどしく読んでいるうち、一つの言葉が非常に心に印した。それは、「造物主にとって、快活にしている被造物を見ることより以上の喜びはない」ということ。この話をしましたら、氏も全く同感だと共鳴されました。草木を見ても、活き活きとして繁茂しているというのは、確かに人間が見ても楽しみですね。お濠《ほり》のそばを通っても、松の木が黒ずんで病んでおるようなのを見ると、いかにも痛ましい。水でも空でも何でもそうですね。鳥や獣でもそうだ。山野を快活に飛跳ねておる姿はいかにも楽しい。動物園の檻の中、網の中で、うじうじしているのを見ると、いかにも可哀そうに思われる。造物主にとって、快活にしている被造物を見ることより以上の喜びはない。天地の大徳を生という。生々之《これ》を易《えき》という。自分らしく生きるという時が人間も一番楽しい、快活です。自分を枉《ま》げる、自分を偽わる、心にもない生活をするということほど不愉快なことはない。だからこそ笑いを忘れた一日というものは、すべての日々の、月日の中で一番もったいないということも考えられる。その意味において、今日議論紛々《ふんぷん》としておる公害問題など実に深刻な文明病です。かつて御紹介しましたJ・バーナムの『西欧の自決――自由主義の意義と理論』とか、あるいはコーネル大学のA・ハッカーが著した『アメリカ時代の終り』という書物、あるいは最近日本でもよく読まれているアメリカの有名な未来学者A・トフラーの『未来の衝撃』などという書物、いずれも何を真剣に論じておるかといえば、結局このままではアメリカも自由主義諸国も頽廃し自壊するということを深憂しておるのですが、その点、実は日本も御多聞にもれず、いやむしろ日本の方がもっと危いと思われます。

四つのPと二つの警語

アメリカの識者の間に夙《つと》に話題になっておる四つのP、四Pという言葉、中には最近もう一つのPを加えて5Pともいう。一つはピルズ Pills 避妊薬。それから、ペスチサイズ Pesticides 代表的にいうならば農薬、その他いろいろ公害をともなう薬品が含まれる。それからサイケデリックス Psychedelics これはいうまでもない幻覚剤、今やずいぶん幻覚に生きる者がふえてきました。幻覚剤を飲んで文学や芸術に生きるサイケデリック芸術、サイケデリック創作というものが実に多い。麻薬を飲む者が、アメリカで最少限度に政府が見積って五百万を越え、ベトナム戦線に従軍しておる兵隊の六割はその患者である。日本もこの例外ではない。第四はポリューション Pollution 汚染、これが四つのPで、最近のPというのはポルノグラフィー Pornography 猥画、猥褻画、これが公々然と時代を風靡《ふうび》しておる。それも日本の浮世絵式の趣のあるものじゃなくて、動物的よりもっと悪く堕落した、そういうものが今日アメリカの国民社会の一つの忌まわしい問題になっておる。しかし、これなどはピルズの中に入れて、やっぱり四Pで沢山でしょう。

それよりもっと危ない切迫した警語はむしろ特殊な専門家の間に語られておる言葉で、

その一つは、私がすでに何度も話をしましたシンギュラー・ポイントsingular point特異点、もう一つは半減期a half lifeです。アメリカ大統領の特別顧問のモイニハンが、一九六九年十月、NATOの総会の最後の日に公害演説をやったとき論及したものなのです。シンギュラー・ポイントと何度も申しますが、半減期というのはやはり物理学の専門用語で、なるほど聞いてみるとわれわれの日常がそういうものなんですが、湯を沸かす例を引いて気がつくことですが、水を煮沸する——しばらくの間は何事もない。だから皆うっかり注意しない。そのうちにぶくぶく泡立ってくる、湯気が立つ。これも大して注意を引かない。しかし、しばらくするといつ頃からか沸騰が始まっている。おや、沸いてきたなと思ううち、ふと気がつくともう湯が半分になっておる。この時は半減期といいます。そこまでは大変緩慢なんです。それが半減期になると、それから先が非常に加速度的になる。おやおやというううちに空っぽになったり破裂したりする。人間世界のことになると、自然界・物理界のことよりも危険で、人間というものは、とかく予告されても気がつかぬ。念頭に置かぬ。沸騰して、つまりシンギュラー・ポイントに達せんと、大変だということにならぬ。注意しない。そのうちに半減期、つまり、これは大変というううちにどうにもならなくなる。ハッカー教授はスティシスstasisという古代哲学の用語を使っております。今まで気がつかなかったところへ突如として現れる特異な変化の情態のことで、誰も経験することですが、今まで若さを誇って、エネルギッシュに活動しておった人々が皆愕然とする体験、日本の厄年《やくどし》もその一つです。むしろ健康な人ほど四十を過ぎた、あるいは五十になったという時に、自分の身体におやっと思うことが起る。そして急に血圧だ、尿だ、癌だということが問題になる。それがくる頃から生涯のテンポが速くなる。一生の中の大きな、文字通り痛切な、変化の時期、ともすればどうにもならない、兜を脱がなければならない、手を挙げなければならない状態に陥る。これは解っておるのだが、昔から人間がよく陥る厄です。有史以来、世界において初めてといわれるくらいの繁栄を誇ったアメリカが、この頃気がついてみると、確かにそういう危険なスティシスに入っておる。アメリカに現われているいろいろな特異点は、今やアメリカ繁栄の半減期だ。アメリカは危いとハッカーは痛論しておるのです。私もそれを我が日本に痛感します。日本はうかうかしてはおれない。なーになどと多寡《たか》をくくっている人々が一番周章《あわて》るのではないかと思います。お互いにもっともっと真剣にならねばならない時であります。そしてあくまでも自分らしく、また快活に行《や》りましょう。王陽明も千辛万苦に処する秘訣として快活を失わぬことと教えております。（昭和四十六年三月一日）

乱世と人物

年改まってから時局は文字通り危局の感を深くする一方なので、もっぱら事務ならぬ時務というものを痛論してきたが、さすがにいささか疲れを覚えたので、やや見地を変えて補足の一文を草する。これもまた活学である。

繁栄の原則

草木の根幹と枝葉との関係がなにより適切な例証であるが、根幹が弱く、地力が乏しいと、枝葉は生々と茂らない。枝葉が徒らに繁ると、風通しが悪く、日が透らず、虫がついて、生長が止まり、枯れ始める。その枝葉の空しい繁りを去って、根幹の力を充実させるのが栽培の真理である。人間の文明もまた同理で、枝葉の繁雑を処理して根幹の簡素に復《かえ》さねば、文明民族は衰亡をまぬがれない。この狭い日本の島国に一億を越す人口は無理である。二百万・三百万・五百万・千万という人口の都市密集ももとより無理である。メトロポリスのメガロ化・エキュメノ化がこの形勢で進んでは、それだけでも国家は破壊をまぬがれまい。幸いに日本の大部分は山岳高原であるが、その開発――日本列島改造なるものは、いうまでもなく賢明慎重を要することで、決して流行事業に付すべきものではない。それこそ新たな国造りで、勝《すぐ》れた指導者の献身的協力に待たねばならない。時世は大衆化するほど勝れた指導者いわゆるエリートを国政にあたらせねばならない。民主主義政治とは広く国民一般からそれぞれ有徳有能な人材を挙用して、一部の者のためではなく、国民全般――国家の進運にあたらせることにほかならない。人材の乏しい議会制民主主義政治など、実をいえば空念仏の愚劣事である。多くの場合、投機的小人の跋扈《ばっこ》をひどくするにすぎない。

人間社会の実理はパスカルが巧く言明した通り、強い者が正しいか、正しい者が強いかでなければならない。しかるに残念なことであるが、実態はたいていの場合、善人より悪人の方が有力である。

善人と悪党

善悪という字からしておもしろい。善という字は羊と言とを組合したもので、羊は柔順に群をなして、よく指導者に従ってゆく。悪という字の上の方は曲った姿勢を表わすもので、曲者であり曲心である。善良な者はおとなしく、平和で、闘争的でないから、どうしてものろまで、傍看的になり、群れてはいても独り分を守って、他を脅すことはないが、悪人は常に積極的、攻撃的で、頭も行動も機敏で、必要とあればよく団結して行動否《いや》横行する。一人でも悪党という所以《ゆえん》である。しかもよく組んで闘争に長ずる。善人がたいていの場合、悪党に一応やりまくられるのはこのためである。善巧という語もあるが、史書は奸巧とか、奸狡《かんこう》という語の方が多く用いられている。「棍徒《こんと》（ごろんぼ）姦狡《かんこう》最も善く機を相《み》る」と民政のための好著『福恵全書』の中に指摘しているが、まことにその通りである。姦はよく佞《ねい》と結んで、姦佞という。本来佞という字は仁＋女か、信＋女で、仁あり信ある女の心ばえや心づかいの優にやさしいことにもとづく好い意味なのであるが、それが口先ばかりうまくいう油断のならぬ悪い意味に通用することになったのは、人間世の実態を知らせる感慨深いことの一例である。したがって前記「奸巧」は、同時に「佞巧」とも用いられる。「邪を以て人を導く之を佞と謂《い》ふ」（塩鉄論・刺議）、そうなると、やがて「小人心を易《か》へ、百姓その俗を変ずる」し、かくして国に「姦民や姦市」の生ずること、多く史書に示す通り、今日投機の流行や物価の不当な値上げを見ても思い知らされる。こういう時世に跋扈する人間を、『管子《かんし》』に躁作《そうさ》――ばたばたさわぎまわるやから、偽詐《ぎさ》――うそつきども、姦邪の人間共（君臣篇）と指摘しているが、これらに対して善人側はまことに意気地がない。これに対して善人側がいかに強くなるか、有力になるか、有効に活動することができるかが、時局を解決する根本問題である。

義憤・猶興・素行・照隅・余裕

ダンテの神曲に「憤りの魂」というものを力説しておるのに感動したが、それは夙《つと》に『論語』のなかに孔子も力説したことである。「憤を発して食を忘れ、楽しんで以て憂を忘る」（論語・述而）。もとより単なる私憤ではなく、道義的発憤であり、それが国家的、民族的、政治的発憤になると、もっともよく知れているのは文王赫怒《かくど》、すなわち「文王一怒して天下の民を安んぜり」（孟子・梁恵王下）というものであろう。この義憤的精神エネルギーが民族にあれば、「文王無しと雖《いえど》も猶興《なおおこ》る」（孟子・尽心上）ことは王陽明もその「抜本塞源論」

に力説して、古来多くの志士仁人の感憤するところである。しかし、この自由民主主義制の堕落し、巨大都市化の文明頽廃生活に放縦になってしまっている今日、「猶興」というものは容易に期待できない。まず「素行」あたりから考えねばなるまい。素行とはいうまでもなく、心ある人々がまず各々その位すなわち立場・立場に即して良心的に行動することである（中庸）。その好例の一つがわれわれの多年提唱実践してきた「一燈照隅」であることはいうまでもない。

さて善人にまた一つの反省せねばならないことがある。それは真面目であることもとより結構であるが、真面目な人間がとかく器局が小さく、優柔不断であり、あるいはまた徒らに物事に拘泥してこせつくことである。これは事を成す所以《ゆえん》ではない。他から見ていても快《こころよ》いものではない。善というもの、道徳というものは本来、爽やかな空気の如《ごと》く、清い水の如く、明るい光の如く、人の心を快くするものでなければならない。時あってか風雲の激するように変化はあり、秋霜烈日の概《がい》もあることはいうまでもないが、本来はあくまでも静かであり、ゆったりしたものでなければならぬ。どちらかといえば気象の激しく感じられる孟子も、「吾が進退豈《あ》に綽々《しゃくしゃく》然として余裕有らざらんや」（公孫丑下）といっている。「裕は衆を包み物を容れる」（賈誼新書）。急《せ》いては事をし損ずる。そういうたのもしい人を器量人というが、実に好い言葉である。小器・狭量・短見はよくない。白楽天の友に諭す詩など私の愛誦してきたものであるが、正にこれを推して自から豁々《ひろびろ》する。ある一人の篤実な漢学好きの青年から、『礼記《らいき》』にある曽子《そうし》の語、「君子終身此れを守つて悒々（ゆう又おう）」ということと矛盾しないかと問われたことがあるが、少しも矛盾するものではない。悒は憂いを含むことであるが、静山の姿、深潭《しんたん》の色、どこかに一種のメランコリー（暗愁）を含むと同然である。それを含まぬ綽裕・豁裕《かつゆう》は真のものではない。

好々先生

さらにユーモラスな一話を録すると、諸葛孔明《しょかつこうめい》を知る人はみな知っておる当時の賢人長者の一人に司馬徽《しばき》という人がある。

「司馬徽・人の短を談ぜず。人と語るに、美悪皆好《ハオ》と言ふ。人あり徽の安否を問ふ。答へて曰く、好。人あり自から子の死を陳《の》ぶ。答へて曰《いわ》く大好。妻之を責めて曰く、人、君の有徳を以ての故に此れを相告ぐ。何ぞ人の子の死を聞いて、反《かえ》つて亦《また》好と言はん。徽曰く、卿《きみ》の言の如き亦大好。今人好々先生と称するは此れに本づく」（清・通俗編・品目）。

わからぬ者には話しにくい話であるが、また大好の話である。英雄豪傑雲のごとく輩出した三国の当時、人材の鑑識を以て名高く、治乱の理に詳しかった大人君子の是《こ》の愚の如き大好先生には不尽の妙味がある。この理を考えるのもまた大好である。（昭和四十八年四月）

文明と救い

グロムイコ使節で、ふと思い出したことであるが、終戦の十年前、アメリカ外交官のヴェテランであったJ・マクマーレイの覚書の中に「たとえ日本を抹殺することができるとしても、それは極東乃至《ないし》世界にとって利益にはならないであろう。単に新たな緊迫状態を作り出し、日本に代って帝制ロシアの後継者ソ連を極東支配の敵手として登場させるにすぎない」と断定している。世に達見の士も決して少くないが、現実の政局にあたると、場あたりとなり、その日暮しになりやすいこと、今日も一向《いっこう》変りはない。

それから十年たった一九四五年五月十三日、対独戦勝放送において、チャーチルは、「もし法と正義が支配せず、全体主義或いは警察国家がドイツ侵略者にとって代ることがあれば、ヒットラー徒党を罰したとて何の意味もない」といった。そして実際、チャーチル自身その回顧録に書いているが、「大同盟を結んでいた共通の危険という絆《きずな》は一夜にして消え去った。私の目にはソ連の脅威がすでにナチスという敵にとって代っていたのである」。

そのチャーチルをルーズヴェルトはとかく袖にして、スターリンの方に心を寄せ、対日戦争にソヴィエトを参加させ、米ソの協調で世界の平和を作りあげようと考えていたことは、もはや隠れもない事実である。世間の人々は殆《ほと》んどみなチャーチルとルーズヴェルトとが緊密に握手して、この英米の固い同盟でもって今度の大戦を勝ちぬいたと思っているだけに、真実の前にかえって戸惑いを覚えるわけである。いずれが正しい政見であるか、それはその当時では決して容易に判明しない事実で、大抵《たいてい》は大いに迷い、案外にお先まっくら（暗冥）なのである。

今日の世界政治は一面において会議政治であるが、この会議なるものもまた事実は変なものである。未開国人、野蛮人同志なら、簡単明瞭にかたづけるところを、文明人はいつまでも、いつまでも引きのばし、回を重ねて、一向かたづけることができない。それほど辛抱強く、意をつくし、手をつくすのが文明の証拠ともいわれるのであるが、これまた果してそうであろうか。偽善や臆病や卑屈や狡猾《こうかつ》などが混じておりはしないか。最近ソ連も指摘した米中会談の報道で、始めてこれを思い出した人々が私の友人にも幾人もおる。

これはその始め、一九五四年から五五年にかけて、双方領事級会談をジュネーヴで開き、五五年七月に大使級会談にひきあげ、六一年三月には百回を越している。こんな馬鹿な話があるか。それが実は現代にありふれたことなのである。こんなことは文明人のすることであろうか。明の字がちがう、正に迷であり、冥である。米鮮の板門店停戦会議は六〇年六月二十五日の記念日にすでに百二十回に達し、ドイツ統一問題のための東西両側の開いた会議は、とっくに一千回を越えたという始末である。

ヴェトナムが戦争のために血の泥沼になっていることを思想家文筆家が書きたてているが、ちょうど三十年前のスペイン戦争当時を髣髴《ほうふつ》させる。しかも事態は一層堕落している。

私生活の面でも同様。文明人は現代の科学や技術が作り出した便利な物で、生活の享楽に忙しい。しかし工場や事務所や学校に出る機械的な通勤、ルーティニズムといわれるきまりきった仕事、無意味な雑談、週刊誌の漫読、テレヴィや映画の愚にもつかぬ時間潰し、あくことを知らぬ利己的物欲の追求、食うにも、眠るにも、働くにも、摂らねばならぬ化学的薬品の需要、理性も良心も無視した政治闘争、社会の化学的分解を示す倫理的虚無主義の知識階級、恐怖、疑惑、流言、謀略の横行する内外情勢、果してこれらを文明として安心できるであろうか。そこに大いなる迷いや深い暗黒昏冥《こんめい》を決して否定できないではないか。

かつてアンドレ・マルロウが叫んだ「この古い地球上で、もはや人間はだめなのか、どうか」ということ、「われわれがどうすれば人間を造り直すことができるか」ということ、これこそ現代の一番つきつめた問題であると思う。個人と社会との道徳的・倫理的進歩以外、結局いかなる文明も楽しめるものではない。誇るに値いするものではない。

迂遠《うえん》なようであるが、結局私は、時代流行の俗見や生活態度にあきたらず、自分自身の良心・理性・自己内奥の真剣な要請に奮い立つ有志者が、どんなに少数でも、相求め相結んで努力することが一番大切であると信ずる。内面生活・求道という私的な、外から容易に知れない、したがって軽々しく他人と通じにくい非大衆的なものが、歴史的に見ても、常にあらゆる独創性の源泉であり、時に偉大な行動の核エネルギーである。（昭和四十一年十一月）

汪精衛《おうせいえい》工作と王倫《おうりん》の故事

岩畔将軍から、その大著『戦争史論』を贈っていただいて、通覧したところへ、『財界』五月一日号が着いて、何心なく目次を見ると、「三代謀略秘話・岩畔豪雄」とあるのが目についた。早速披見すると、汪精衛工作に際して、近衛公が与えた親書の中に、汪氏に王倫の故事に倣《なら》い、すみやかに日支《にっし》を和平にみちびく必要のあることを勧めた文章を私が書いた。その意味が先方にわからなくて、学者に調べさせたら、王倫は金《きん》が宋《そう》を攻略した時、岳飛《がくひ》らの主戦論に対して、和平策を執った秦檜《しんかい》に与《くみ》して、金国に使した人物で、つまり漢《かん》奸《かん》である。これでは汪に対して、君は漢奸になって此方へ来いということではないか、という物議を生じたエピソードがあるという記事を発見した。

これについては当事者の間でも非常に誤解されているので、この正しい意味を、ここに略説しておきたい。

千百二十六年、宋靖康《せいこう》元年四月、金軍は降服した宋の二帝、后妃、太子を始め三千余人を捕虜として北地にともない去った。そして宋の宰相張邦昌を擁立して、楚帝《そてい》と称し、これを、その後に置いた。もちろん宋人が、これに服するわけはない。彼らは連れ去られた欽宗《きんそう》皇帝の弟、康王を擁立して皇帝に推戴した。即ち南宋の高宗皇帝である。

金軍はまた南進を開始し、中原を風靡して、高宗の行在所《あんざい》、揚州《ようしゅう》に迫った。高宗は鎮江《ちんこう》に逃れ、杭州《こうしゅう》に赴《おもむ》いたが、金軍はこれを追撃し、江蘇《こうそ》、浙江《せっこう》を蹂躪《じゅうりん》した。しかし、宋の韓世忠らの名将も善く戦い、金軍は江を渡って北に去り、帝は臨安《りんあん》(杭州)に帰って、これを国都とした。

この戦乱の中にあって、いずれの側にも主戦派と和平派のあることはいうまでもない。そして主戦派は常に壮烈であるが、和平派は当然振わない。金が北方に斉政《せい》権(劉予)を立てて、金斉連合軍が南宋軍と戦うようになって、とくに有名になったのが岳飛将軍である。

彼は後世歴史に、その忠勇を謳われている。この対照が宰相秦檜で、悪役の代表であるが、人物、行政も正に姦悪横暴といわねばならぬ。この悪宰相の下に、勝ち誇る金国に使して、悲惨な虜の身の前皇帝以下の人々を取り返し、中国を戦乱から救うための和平工作に、敢然と身を挺《てい》して、肝胆を砕いたのが王倫その人である。

すでに北支では、前に楚帝となった張邦昌、後には劉予が金軍に擁立されて大斉皇帝となって、金宋抗戦は、同時に斉宋抗戦であった。王倫は敵の軍門に降り、敵から利用されて、祖国支配に乗り出した者とは全然違う。彼は、真に祖国と同胞を救うための和平工作に一身を犠牲に供した。そして文字通り犠牲となって、敵人に殺された。その苦節殉忠は、たとえば有名な『廿二史箚記《さっき》』に、趙翼《ちょうよく》も切々として論述している。

しかるにいずれの国、いずれの世にも、よくあることであるが、人間の誤解と憎悪、あるいは志余りあって識足らぬ学者論客によって、往々事の真相がはなはだしく誤られることは是非もないことである。日本に流行した『文章軌範』によって、胡澹庵《こたんあん》の上高宗封事の激越な文章が愛読され、その中に、秦檜とともに唾棄《だき》されているところから、王倫の汚名は日本においては常識となってしまったが、汪氏の側近に識者のいなかったことは、まことに残念である。漢奸とは、張邦昌や劉予を指して言うべきことで、王倫は、却って殉忠至烈なるものである。

私は汪氏に、王倫が苦忠を尽した和平工作に倣って挺身されないかといったのである。張邦昌や劉予になることを望んだのでは断じてない。

後世史家のためにも機縁によって聊《いささ》か本意を録しておくものである。（昭和四十二年六月）

政治と朋党《ほうとう》

学生時代、欧陽修《おうようしゅう》の朋党論を読んで大いにわかったつもりであったが、今にして思えばお笑い草であった。だんだん世の中のことがわかるにつけて、朋党ということも限りなく複雑で、難しい問題であることを味識する。

人間は孤とか独とかに安んずることはなかなかできるものではなく、本能的に何か仲間というものを求めて、そこに安心や安全を覚えるものであることは、社会学者や心理学者がとっくに説明していることである。しかし人間が集団や群集に混じると忽《たちま》ち堕落し悪化することも説き尽されている。政治を善くすることは今日どこの国でも、それほど国民に直接有効なものはないが、その政治にも党派・党争は附きものであって、実際において政党は一体、国家国民のために善いものか悪いものか、はなはだ断じにくい。

政治は名誉・権勢・利得というような人間のもっとも強い執拗な欲望に絡まるものであ

るから、政治家の党争は何にしても深刻強烈である。それは必然に党人の猜疑《さいぎ》、嫉視、排擠《はいせい》、忿争《ふんそう》を惹起する。そして困ったことに、必ずそれらに理屈がつく。理論闘争となる。また元来、利というものは案外人間の知というものを昏《くら》くする（たとえば史記列伝・平原君の条にもいう）ものであり、利をほしいままにして行なえば怨みが多いことも免れぬことである（論語・里仁）。小人と小人との党争はもとよりのこと、君子と称する人々も党争になると、国を誤ることは古今東西の歴史に厭になるほど例証がある。

韓国の李朝史を見ても、士禍とか党禍と称せられる惨劇が李朝を亡ぼしたといわれるほどである。東人（金孝元の一党）と西人（沈義謙の一党）が相対抗し、その東人がまた南人、北人に分裂し、西人は西人で、原党、洛党、山党、韓党に相分れ、思想学問はこれらの凄惨な闘争の尖鋭な武器にほかならぬものとなった。今のソ連や中共の政争を見ても、イデオロギー闘争の激しさと、その演じてきた惨劇は眼を掩《おお》わせるものがある。

結局迂遠なようであっても、大いに道徳教育を興し、人材を養成し、勝れた指導者が政界に輩出するのを待つほかはない。荀子《じゅんし》のいった通り、「乱君有り、乱国無し。治人有り、治法無し」である。乱国というのは実は支配者が乱れているのである。治める法というものはない。治める人間の問題なのである。そして確かに国が乱れ弱まる一大原因はすべてあらゆる阿（おもねり）からである（韓非子）。もっとも曲学阿世《きょくがくあせい》を戒めねばならぬ。マスコミの深省を要する所以《ゆえん》である。（昭和四十五年七月）

歳暮静話

暮の三句

歳暮になると思い出す三つの句がある。一は、「年忘れ　あとは懺悔の　はなしかな（馬瓢）」。

暮ともなると、やはり人間多年の慣習もあって、誰しもおのづから反省的になり、回顧的になる。そうなると、たいていが、これもだめだった、あれもできなかったと悔やまれることが多い。他の一は芭蕉の句。「年忘れ　三人寄りて　喧嘩かな」。いずれ忘年会あたりのぶちまけ話が昂じたところであろう。もう一つは、「としわすれ　思案の外の　夜は明けぬ（班象）」。

秋来ローマ・クラブの警告を始め、公害問題が本格的に日本でも論議され、国内情勢の紛糾と相待《あい》って、暁の寝覚めにそれからそれへと限りなく思案がひろがりやすい。それらが句になると、余裕が生じ、ユーモアが滲んでおもしろい。しかし何といっても、私は年の暮になると、しばしば念頭に浮かぶ絶唱は、

前不見古人　　前《さき》に古人を見ず
後不見來者　　後に来者を見ず
念天地之悠々　　天地の悠々を念《おも》うて
獨愴然而涕下　　独《ひと》り愴然《そうぜん》として涕《なみだ》下る
　　　　陳子昂《ちんすごう》・登走馬台歌

である。子昂の感偶詩三十八章中、第十四章に、「臨岐泣世道。天命良悠々。岐に臨んで世道に泣く。天命良《まこと》に悠々」の句がある。これも併せて想起しがちである。

照心と心照

照心講座を伝聞した知人から、心照講座ではないのかという質問を受けて、また改めて虎関《こかん》を憶い起した。古教照心。心照古教は虎関の名語である。虎関（こかんをこけんともいう。栄西をえうさいという如し）は、有名な『元亨釈書』や『済北集』の著者である。古教・

心を照すは自分が受身で、心・照古教となれば自分の方が主体になる。これは一段と進んだ境地ということができる。「山見人兮人見山」（大智偈）の「山見人」は古教照心、「人見山」は心照古教にあたる。

虎関師錬《しれん》は亀山上皇・後醍醐天皇方の尊信を得、足利尊氏・直義等の帰依厚く、円覚寺や建長寺に住して学徳勝れた名僧（弘安元年—正平元年。一二七八—一三四六）であった。幼少の時から文珠童子といわれたというからいわゆる神童であったのであろう。その父は朝廷の微官であったので、小僧の時、高官の子らと遊んでいた際、意地の悪い奴が溝跳びの競争に、「何納言家《なごん》の某々」と名乗をあげて跳ぶことにしたが、これを聞いた師錬は「大聖釈迦仏の法孫師錬」と高唱して一番に跳び越えたというから、へなへなした秀才ではなく、なかなか骨っぷしのある面魂でもあったと思われる。その詩文集で名高い『済北集』に、「余《われ》正和以前（三十五歳）書を以《もっ》て心を正す。正和以後は心を以て書を正す」ともいっているが、いわば本に読まれずに、本を読むようになったのである。それだけ真吾ができたのである。故に病に処しても「外に疚《や》んで、内に疚まず」であった。そして常に学徒に「去三取四」を教えた（十禅支録・中巻）。

「学道の要はすべからく三を去って、四を取るべし。何をか三と云ふ。一に曰《いわ》く虚。二に曰く歎。三に曰く怠。何をか四と云ふ。一に曰く誠。二に曰く堅。三に曰く勤。四に曰く細。今時の学者は浮矯《ふきょう》多し。動《やや》もすれば三に趣《おもむ》いて、四に乖《そむ》けり」。

虚はもちろん文字通りの空しい意味で、学道の真剣な志のないことである。今時の学者、という、その学者は現代人のいわゆる学者のことではなく、文字通り学者、通俗用語の学生に同じ。虚しいから筋金が通っておらぬ。しっかりしておらない。ぐにゃぐにゃ（歎）である。したがって勉強しない。怠惰である。学問修養は飾りものではない。誠でなければならぬ。そしてもとよりなかなかつらいこと、困難な問題である。志が堅くなければ学問求道などできるものではない。よほど勤勉努力せねばならぬ。そして大雑把ではだめ、綿密な、細やかな心配りが大切である。禅者も祖師禅を遠ざかるにしたがって、往々この四者を失いやすい。親切な教訓である。

そこで始めに還って、古教照心は正に心照古教でなければならぬ。しかしそれは深い境地であって、一応古教照心が誠堅勤細にできねばならない。さすれば自然と心照古教ができる。われわれ浅学怠惰の徒はやはり謹んで古教照心を表に掲げるのが礼というしだいである。

文明人の八大罪

最近『文明人の八大罪』という訳書を入手し、旅行の車中耽読し、思索して時の移るを忘れた。書題はK・ローレンツの『文明化した人間の八つの大罪』（日高・大場・共訳、思索社刊）であるが、原題はもっと凄い。Die Acht Todsünden であるから八大死罪であるが、英語にすれば death-sin で、罪は罪でも、sin の方は神・神理に背く罪で、法律に背いた罪は crime である。死罪と直訳すれば死刑的犯罪の意にもなるから、避けて大罪とされたのであろう。文芸的なもの以外、訳書というものは、とかく読みづらい。本書もコンラッド・ローレンツが動物学・生態学者であるから、かなり読みづらい。しかしこの頃のように文明とその余弊、公害に関する書物が簇出《そうしゅつ》している時世であるから、こういうものに慣れている人々には一向差支えもあるまい。論旨はもはや別段新しいこともないが、簡にして要を得ている点が好い。

その八大罪を要約すると、㈠に人口の過剰である。これも観点を変えると、とくに現代知識階級を主とすれば、大いに異論も生ずるが、とにかく一応日本のごとき、過剰の最たるものである。㈡は、その人間大衆に必要な生活環境の恐るべき荒廃、㈢は、その人間同志の過当競争、㈣は、人間の快・不快というような感性に弾力性がなくなり、虚弱になってゆくこと。㈤価値観・責任感・犯罪等に関する遺伝的な頽廃。㈥大切な伝統の破壊。㈦道徳・教学等の修練を放棄することから生ずる洗脳されやすいこと。㈧核兵器の脅威等である。

しかし、これらは今までにすべて十分それぞれの専門分野から指摘されていることである。こういうことをいくら論じたてても、これらの万悪を着々匡救《きょうきゅう》してゆく実行が興らねば、バーナムの名言通り、瀕死の白鳥の哀調にすぎない。英国のヒース首相も一昨年の春すでに青年保守党大会で、英国の繁栄が幻想の上に行われていること。財界は無理な経営がいつまでも保てるもののように思っており、労組は際限なく賃上げが通るものと決めており、政府も非生産的な補助を福祉の名の下に無限に弘めていけるもののように考えていると率直に指摘して、その苦衷を披瀝した。経済界の先覚の一人P・アインチッヒが、英国の繁栄が幻想の上に立っていることを夙《つと》に痛論したことは日本にもよく知られているのであるが、馬の耳に念仏というものであろうか。

結論

恐ろしいほどよく現実を把握して、痛烈な警告を行った荀子《じゅんし》は、「王者は日を敬《つつ》しむ。覇者は時を敬しむ。僅《わずか》に存するのみなる国は危くして而《しか》るのち之を戚《うれ》ふ。亡国は亡に至つて而るのち亡を知る。死に至つて而るのち死を知る。国の禍敗は悔ゆるに勝《た》ふべからざるなり」と論じ、また「凡《およ》そ姦人の起る所以《ゆえん》は、上の義を貴ばず、義を敬《つつ》しまざるを以《もっ》てなり。夫《そ》れ義は人の悪と姦とを為すを限禁する所以のものなり。今・上、義を貴ばず、義を敬《つつ》しまず。是《かく》の如《ごと》くんば則ち下の人・百姓《ひゃくせい》みな義を棄つるの志、姦に趨《おもむ》くの心有り。此れ姦人の起る所以なり」と痛論している。

今、日本も正に一般に「姦に趨くの心」があり、盛んに姦人が起っている。これを救うには正しい理念を持つ人々の強力な挺身活動を要する。さすがにマルクスも喝破している。「理念は一般になんら実行することはできない。理念の実行には、実行的強力を提供する人々を要する」(神聖家族)。(昭和四十八年十二月)

風流

生活風流

極東には日本神道のほかに、三つの大きな思潮――思想の流れがある。一つは孔孟《こうもう》、すなわち儒教《じゅきょう》の思潮、一つは老荘の流れ――道家《どうか》思潮、一つは仏教思潮、この儒仏道三教思潮が融合して一般知識階級に普及した特色ある時代にシナの明《みん》の代がある。明治の知識階級・教養人は、いずれにも囚《とら》われずに自由に偉大な三教に遊んだ。そして盛んに読書してその会心の文章をノートして読書録を作り、それが自慢で友達に頒《わ》けたり子孫に伝えたりしたものである。彼らの中にはなかなか賢明な人がおって、子孫に財産を遺すなどということは子孫が愚かであれば、これによりその愚を増すし、たとえ賢明であってもかえって過《あやま》ちの種になるものである。子孫はみずから子孫の計を樹《た》つべし。それよりは子孫に道を伝え、魂を伝えるのだ、そういう意味で盛んに読書録などを子孫への財産の一つにもした。その中で日本に伝わったもっとも有名なものが『菜根譚《さいこんたん》』と『酔古堂剣掃』であろう。剣掃というのは、心が鬱屈した時に刀剣をみるとスッとする、酒を飲むと、酒は憂《うれい》の玉箒《たまぼうき》といって憂を忘れる。掃う、掃除する。自分の精神の鬱屈したものを奮い立たせ、自分の心に沈澱するさまざまの憂愁・懊悩《おうのう》・煩悶《はんもん》を掃除するという意味で、なかなか変化に富んでおもしろい。『菜根譚』などよりずっと内容が豊富で、趣味のある調子の高いものである。その中におもしろくてたまらぬものが数々ある。

「世路中の人、或《ある》ひは功名を図り、或ひは生産を治め、儘《みな》自ら正経とす。天地間の好風月、好山水、好書籍、了《つひ》に相渉《わた》らざるを争奈《いかん》せん。豈《あ》に一生を枉却《おうきゃく》するにあらずや」。

学者の中には、なまじ学問をしたために気障《きざ》な議論をする人が多い。返り読みを一概に排斥するのもその一例である。漢文について原文をこういう風にひっくり返って訳読したということは、世界文化史上に類のない放れ業、偉大な業績、天才的芸当なのであるという理由は主として二つある。一つはこの日本流の読み方は読即訳である。実に驚くべき芸当で、どこの国でもそうはいかん、たとえばわれわれが英語を学ぶ。「イット・イズ・ア・ドッグ（It is a dog）」これは読んだので、訳にはならぬ。「それは犬である」これは訳である。ところが漢文和訳は読んでそのまま訳している。「イット・イズ・ア・ドッグ」と「それは犬である」とを一遍にやっているのだから実に偉いことである。それからこの読み方は奈良朝時代からすでにできている――それからだんだん発達してきた。これはつまり漢文化、シナ文化というものを日本化したことで、もしこの芸当ができなかったならば、日本文化はとうにこの永い歴史の歳月の間にシナ文化のために征服されてしまったろう。ところが、この芸当ができただけあって、ついにシナ文化を、儒教といわず仏教といわず道教といわず、何といわず、みな日本化することができた。これは実に偉大なことである。ところがこれを貶《けな》してシナ音で直読しなければならぬもののようにいう者が少なくない。そういう人にペダンチックなのが少なくない。すべて世間には実に俗論が多い。

「世路の中の人」この浮世の生活の中の人々が、あるいは手柄をたてよう名誉を得ようと考え、あるいは楽に暮そう、金を儲《もう》けようといろいろな仕事をする。そしてそれがみな本筋の生活、正しい生き方だと思っている。そのあるいは功名、あるいは名誉、あるいは金儲け、いろいろなことのために、いつのまにか天地の間の好風月、好山水、好書籍、そういうものをすっかり忘れてしまって、交渉をもたない、無関係になってしまうのは一体どうしたものだ。こういうことはせっかくの一生を台なしにするものではないか。それは功名もよい。生産もよかろうが、せっかく生きてきたのだから、この楽しい好風月、好山水、好書籍をもう少し味わったらどうだ。少々貧乏しても少々出世しなくても、どちらかといったら好風月、好山水、好書籍をもっと楽しんだ方が本当でないか。

これは非常に痛い。とくに都会生活ではこの傾向がますますはなはだしい。文明は滅びる、文明人、都市人が神経衰弱、病的性格者、精神分裂者になるというのは、換言すれば天地間の好風月、好山水、好書籍と相渉《あいわた》らず、一生を枉却《おうきゃく》するということなのである。

「刺《し》を投じて空しく労するは原《もと》生計にあらず。裾《すそ》を曳《ひ》いて自ら屈するは豈《あ》に是《こ》れ交游《こうゆう》ならんや」。

名刺を出してあっちへ御機嫌をうかがいに行ったり、こっちを訪問したりしてうろうろするのは、あれは生計ではない。賢そうであまり賢くはない。裾を曳いて腰を低くして卑屈に御機嫌うかがいするのが一体交際というものか。そんなものではあるまい、もう少し自分には自分のちゃんとした生活があり、交際もあるはずだ。文句なしに肯定せざるを得ない。

「人一字識《し》らずしてしかも詩意多く、一偈《げ》参せずしてしかも禅意多く、一勺《しゃく》濡さずしてしかも酒意多く、一石暁《さと》らずしてしかも画意多きあり、淡宕《たんとう》の故なり」。

いっこうに詩を作らぬ、それどころか、いっこう文字も知らないのに、人間そのものは詩的な人がある。歌わざる詩人である。これはなんの道にも多いことだ。案外味噌の味噌臭いのが多い反対の例である。むかし川越に慈観という曹洞《そうどう》の高徳があった。七の字の尻を左へ曲げたという話がある。それでもみな活仏として拝んだ、そうなれば七の字の尻が右へ曲がろうが左へ曲がろうが構うことはない。(この話は別人にもあったことをなにかの随筆で読んだ記憶がある。)

そういうように一偈参せずしてしかも禅意多き人がある。偈というのは詩の形をとりながら、しかも単なる詩ではなく、われわれの内面生活——精神の消息を表現したもののことである。だからつまり詩の哲学的・宗教的なものを偈というわけだ。あるいは悟道《ごどう》の詩的表現ともいえる。そんな一偈も研究しないで、しかも禅意の多い人がある。

酒は一勺も飲めないのに、よく酒の趣味のわかる人がある——気持よく人を酔わす人がある。宴会などで一滴も飲まずによく酔興に和する人もあるものである。

石一つ描けないのに、しかもよく画心のあるようなものもある。というのは淡宕《たんとう》のゆえである。淡というのは欲のないこと、宕というのは広い大きいという字で、人間が無欲であって、こせこせしていないとそうなる。おもしろいものである。

「貧にして客を享《もてな》す能《あた》はず。しかも客を好む。老いて世に狥《したが》ふ能はず。しかも世に維《つな》がるを好む。窮して書を買ふ能はず。しかも奇書を好む」。

人間味というものは案外矛盾のなかにあるものである。貧乏で客を歓待するだけの余裕がない、しかも客が好きである。やたらにお客を引っ張りこんでくる。奥さんは渋面を作っている——なんていうのは男の一つの味だ。

老いてますます頑固で当世に合わぬ。しかもその世間がいちいち癪《しやく》の種である。世の中を癪に障《さ》えながら世の中に維《つな》がれている。

貧窮して本が買えない。しかし珍らしい本が好きだ。こういうのは人世の有情である。天地有情である。

貧乏なるがゆえに客を好まぬ。老いて世にしたがう能わざるがゆえにもう世の中は御免だ。窮して本が買えぬからもう本は読まぬというのではこれは俗物である。そうではない、ことごとく逆だ。この矛盾のごときところに人間の旨味《うまみ》がある。

「体裁如何《いか》ん。出月山に隠《よ》る。情境如何ん。落日嶼《しま》に映ず。気魄如何ん。収露色を斂《おさ》む。議論如何ん。廻飈《ひょう》渚を払ふ」。

これなどは非常に詩的な表現である。文章そのものが一つの詩になっている。隠《よ》る——これは半分隠れたような、半分現われたような、それが隠というので、カクルともヨルとも読む。

その人間の姿形はどうかというと、ちょうど山の端《は》に現われかけた月が、なかばまだ山に隠れている。ほのかに山の端《は》を出ようとしている姿、そういう姿でありたい。これはなかなかだ。講道館の創始者である嘉納《かのう》治五郎先生は、柔道の稽古に立ち上ってスッと足を踏み出すのは、夕顔の花がすっと咲くようでなければいかんということをよくいわれたそうである。非常に詩的だ。よく弓道でいうが、満をひいてまさに矢を放とうとするときは、稲の葉末の露が自然に傾いてホロリと落ちるように放たなければいかん。日本の芸道というものはなかなか芸術的である。体裁如何ん。出月山に隠る。こんな風格の人物があったら全く惚れぼれする。

「情境」——こんなことばは解釈のしようがない。これはもう、直観するよりほかはない。説明しては全くつまらなくなってしまう。情境如何ん。夕陽が島に映じている。いかにも限りない情境である。

人間の気魄は何に象徴すべきかというと、朝顔の花とか笹の葉とか、それに露が溜って玉のように凝《こ》っている。あれが好い――これは実に名言である。

それでは議論のし振りはどうかというと、海岸の奇岩怪石の乱立しているようなあの渚《なぎさ》を風が颯《さっ》と吹いてきて、磯にあたってぐるりと一《ひと》掃《は》き掃く、あの廻颷のような論風でなければいかん。よたよたした議論ではだめだ。あっという間に捲き込まれてしまうような議論でなければいかん。これもなかなか適切なことである。

「吾が斎の中は虚礼を尚《とおと》ばず。凡《およ》そこの斎に入れば均《ひと》しく知己となし、分に随ひて款留《かんりゅう》し、形を忘れて笑語し、是非を言はず、栄利を侈《おご》らず、間《かん》に古今を談じ、静かに山水を玩《もてあそ》び、清茶好香、以て幽趣に適す。臭味の交、かくの如きのみ」。

臭味の臭はくさみではなくて反対に良い香である。やってくるなり、どうだこの頃の株の値段は、などというのはこれは俗交である。そんなものはいっさい要らぬ。

「窓は竹雨の声に宜《よろ》し。亭は松風の声に宜し。几《つくえ》は硯《すずり》を洗ふ声に宜し。榻《いす》は書を翻す声に宜し。月は琴声に宜し。雪は茶声に宜し。春は筝声《そうせい》に宜し。秋は笛声に宜し。夜は砧声《ちん》に宜し。

松声。澗《かん》声。山禽《さんきん》の声。夜虫の声。鶴声。琴声。棋子《きし》落つる声。雨・堦《かい》に滴《したた》る声。雪・窓に洒《そそ》ぐ声。茶を煎《に》る声。みな声の至清なり。而《しこう》して読書の声最たり」。

窓は竹にそそぐ雨の音がよい。これはその通り。窓ごしに竹の葉にさやぐ雨の音を聞くのは実によい。

亭は松風がよい。

几は硯を洗う声によし。昔の人はよく硯を洗ったものである。三日顔を洗わなくてもよいから硯を洗えというくらい、硯を洗わぬといけない。今の人にはそういう趣味はわからない。道楽というものは文字通り道は楽しで、道を楽しんでいるうちにだんだん枯れてゆくと、ついに石の趣味になる。石を愛するようになると、もうこれは道楽の極致だと昔からいわれる。本当に石というものは東洋の芸道の極致なのである。だから石に関して実に深い芸談があるが、硯も石の一つである。

榻《とう》は腰かけ、椅子腰かけは書物をパラパラとめくる音によし。

月は琴声、月にジャズではまったく合わない。やっぱり琴がよろしい。

雪は茶声によし。茶を点ずるのは雪の日がよい。雪と茶はよく合う。

春は箏声――雅楽に使う箏《そう》によい。

秋は笛声。夜は砧、きぬたの声によろしい――もう砧の音も聞けなくなってしまったが。

自然の音というものを非常にデリケートに観察している。清朝の初期に石天基という人の『伝家宝』という書物がある。この書物にはいかに人生を楽しむかという、今日の言葉でいえば快楽主義的人生観察――いかにしてこの人生を楽しむかという話ばかりを集めた本である。それは自然の色から音から景色から書物から何から何まで、実に詳しく、たとえば声なら声に関してあらゆる声を集めてある。おもしろい本で、こういうあまり人の知らぬ学問もあるのだ。これはその中からちょっととったものである。


西洋人はやはり音楽が普及しておるものだから、音に対する感覚が発達している。もう歿《な》くなったが、戦争前に上夢香という宮内省の雅楽部の楽人をしていた有名な音楽家がおったが、これは笙《しょう》を吹く名人だった。軽井沢で、ある夏の夜ふけて、先生が何心なく窓を開いて笙を一吹した途端に、あっちこっちの西洋人の家の窓からいくつも拍手が聞えてきた。たった一吹なのだがやはり判《わか》るのだ。これが音楽に素人なら何やらピーッと音がしたというくらいであろうが、たった一音だけでも判ると見える。これには私もさすがと思って感心した。そうなりたい。われわれの耳なんてものはただ孔《あな》があいているというだけのものである。西陣のごくすぐれた染色の女工は色を二万通り見わけるという。えらいものである。フランスのコティの香水会社の一番高給を貰っている職工は花を七千通り嗅ぎわける。人間の感覚は霊妙なものである。そういうことを考えると、お互いは何のために目鼻がついているのかと思う。それと同じようにわれわれの心、頭脳というものは練り方によっては実に霊妙きわまるものである。その意味からいうと、われわれの頭なんかはいったい脳味噌があるのかないのか、腐っているのかわけが判らないので、やっぱり勉強しなければいけない。修養しなければいけない。すればそれだけ人生が豊かになる。

棋子《きし》落つる声。これは碁石を盤に打つ音、日本の石はそうでもないが、シナの石はうつとリーンという良い音がしたものだ。両方で碁石をうつと音楽になる。前衛音楽家にでも聞かせたいところだ。しかし読書の声最たり、読書の声がこれらの諸声の中でもっとも良いというである。このごろは声を出して誦《よ》めるような文章がなくなった。

「花を賞するには須《すべか》らく豪友と結ぶべし。妓を観《み》るには須らく澹友《たんゆう》と結ぶべし、山に登るには須らく逸友《いつゆう》と結ぶべし、水に汎《うか》ぶには須らく曠友《こうゆう》と結ぶべし。月に対するには須らく冷友と結ぶべし。雪を待つには須らく艶友《えんゆう》と結ぶべし。酒を捉《と》るには須らく韵友《いんゆう》と結ぶべし。放飲は宜《よろ》しく雅なるべし、愁飲は宜《よろ》しく酔ふべし。病飲は宜しく少なかるべし。法飲は宜《よろ》しく舒《じょ》なるべし」。

花を賞するには、すべからく豪友と結ぶがよい。芸者を観るのには澹友——あっさりした淡白な友と一緒でなくてはいかん。行儀の悪い俗っぽい奴と一緒に芸者なんか観てはいかん。

山に登るのにはよほど俗世間から超越した解脱した友人と一緒でなくてはいかん。山を登りながら、おい株は上がるかねなどというのではこれはどうにもならぬ。

舟遊びをするのには、いかにも胸中なにものも持たない曠達な友達と一緒でなければ面白くない。水に浮かびながら舟に酔ったり沈没しやせぬかねなどと余計《よけい》な心配をするような友達とではだめだ。

月を観るには冷静な友人とでなければだめだ。月に対してすぐめそめそしたり風邪引いたりする奴はいかん。

雪を見るには艶友と結ぶべし。これはどうも容易に得られぬ厄介な注文である。艶女はいくらでもおるが、友にできるほどの女はなかなか得られまい。

酒を捉る——これは盃をとるという意味だ。酒を飲むには韵友——音楽的な友達、人間そのものが音楽的な友がよい。俗物と酒を飲んだっておもしろくない。そこでその酒だが、放飲すなわち気ままに飲む礼儀作法ぬきに飲む酒は、これは、よろしく雅でなければいかん、少しデリケートでなければいけない。愁飲、すなわち愁うる時に飲む酒は酔わなくてはいかん。酔わないでいつまでもぐずぐずいっているのでは困る。

皆がよく間違えている言葉に、泥酔という言葉がある。あれをベロベロに酔うことだと思っているが、あれはそうではない。同じ酒に酔うのでも泥というのはドロではないのだ。シナへ行った人はよく御存知なのだが、南シナからタイあたりへかけてありがちであるが、魚や虫が旱魃《かんばつ》の泥に混じて生きている。まるで泥である。死んでいるのかと思うと水を得ればたちまち目玉をキョロつかせて泳ぎ出す。そこでこういうのを泥《でい》という。泥中・土中に生きている虫魚のこと、とくに魚のことをいう。そこで泥酔というのは酔っぱらって正体がないようでいながら、ちゃんと正気のある酔い方をいうのである。平生癪にさわっているものだからぐでんぐでんに酔ったふりをして、皮肉なことをいったりなんかするのは泥酔の証拠で油断がならない。酔いどれ本性違わずという酔い方が泥酔、ただベロベロに酔うことは爛酔《らんすい》という。酔って乱れるのはもちろん乱酔である。酒はチビチビといくらでも飲むけれども一向に浮かないのを沈酔という。法飲はあらたまった酒席の飲みかたである。

風流というのはまあ如上《にょじょう》のような理趣である。現代はどうも俗悪にすぎる。もう少し人間らしく、どんな人間にも気持がよい、うれしくなるような、脱落したところ、これ風流であり、大凡であると思っておるのだが——如何《いかん》。(昭和三十七年十二月)

醒睡笑

近頃のどこを見ても、型にはまった理屈ばかりなのに厭気《いやけ》がさして、一夜、時代離れの風変りな読物を手あたりしだいに引っぱりだしてみた。そのなかに山東京伝《さんとうきょうでん》の『近世奇跡考』があった。鵬斎《ほうさい》が序を書いている。亀田鵬斎は型破りの儒者で、その草書は今も世に愛好されている。いずれ何かおもしろいことを書いておることだろうと読んでみると、「この書を寝ながら枕を側《かたむ》けて読んでみたら、だんだんおもしろくなって、とうとう夜を明かしてしまった」と記している。つりこまれて私も読んでみたところが確かにおもしろい。左甚五郎は関東にはこない。伏見の人で、播州明石に住んだ。寛永十一年甲戌《きのえいぬ》の年四月二十八日卒。四十一歳とある。

土左衛門といえば水死人をさすことは、今でもみな知っているが、実は私もなぜそういうのか、考えてみたこともなかった。この本によると、それは成瀬川土左衛門という相撲取から始まる。享保九年六月、深川八幡社地の相撲番付に前頭のはじめにその名が見える。すこぶる肥大漢で、水死してふくれているのを戯れに土左衛門みたいと誰かがいい出したのがついに方言になった。八百屋お七の狂言にも出ているなどとある。

高尾と道哲のことを聞き覚えはあるが、考えたこともなかった。この本の中にその名を発見して読んでみた。延宝六年版「吉原恋の道引」に、「堤のかたはらに、いとかすかなる庵《いおり》あり。これをいかにととふに、さりし明暦《めいれき》の頃より道哲といひし道心者、世をむづかしくや思ひけん、所もおほきに、こゝに庵をなん結びて住しが、二六時中鉦《かね》の声たえせず、ねぶつ（念仏）かすかに聞えて、いかなるも哀れをもよほさぬはなし」云々から始めて、詳しく諸本を考証し、挿絵も入れて、高尾の恋人であったという俗説を否定している。確かに釣りこまれて読まされる。

そのうちに安楽庵落語の一条がある。「安楽庵策伝《あんらくあんさくでん》はおとしばなしの上手なり。元和九年、七十の年、『醒睡笑』といふ笑話本八冊をつくる（万治元年上木）。此人《このひと》茶道において名高しといへども、おとしばなしの上手なることを知る人まれなり。世に称するところの安楽庵の帛《きれ》は此人より出でぬ」とある。

戦前のこと、ある茶席で安楽庵の帛なるものを見せられてこの何たるかを解せず、話の工合い、つい問うこともせず、そのまま忘れてしまったことを思いだして、『醒睡笑』なるものを一見したくなった。随筆大成本の中にありはせぬかと探してみたら、果然《かぜん》発見したので、こちらの方に浮気した。

策伝は浄土宗西山派の僧で、俗名を平林平太夫という。京の称林寺智空について学び、のち寺町の誓願寺竹林院に住し、晩年、別に安楽庵を作って隠棲し、茶事を嗜《たしな》み、みずから帛を作った。これが後世〝安楽庵帛〟というものである。寛永九年正月八日寂、年八十九であった。題名の『醒睡笑』は、彼の自序によると、おのずから睡りを醒まして笑うの意で、有名な板倉重宗が奥書をつけている。

何やら誘いこまれるようで読んでみる。

○「花見の輿の帰るさ、たそがれ時になったところが、道のほとりに人の立つ姿がある。彼は頭を下げ、手を合せて礼をした。つれの者が、あれは石塔だよというと、彼は曰《いわ》く、当世はあれていの人間にも礼をしたがよい」と。いかにもおもしろい。全く今時も人間らしい人間は少なくなって、器械と鳥獣《とりけだ》ものみたいな者ばかりゆえ、少し人間味のある者に出会うとありがたくなる。「あれていの人間にも礼をしたがよい」である。

○六十ばかりのいかにも分別ありげな禅門、わが子に材木の注文をかけといって、まず材木の事をいうところから始めた。倅《せがれ》は材の字はどう書きますかと問うた。まず木へんじゃ。それからつくりは、と問うと、つくりはかなでかけ。あげくの果てには、それほど鈍で何事も成るまいといった。噴飯話である。これで思い出したのは伊勢の東夢亭の『鋤雨《じょう》亭《てい》随筆』の中に、わが村の福井某は全く字が書けない。あるとき料亭に出かけたところ、意地の悪い一妓が彼に七の字の尻はどっちに曲げるのか教えてくれとせがんだ。度胸を据えた彼はグイと左にまげて寸と書いた話を記している。同じ話が川越在の有徳の禅師にもある。それでもよい。「無智にぞありたき」と明遍僧都《そうず》（高野の学僧、のち法然《ほうねん》に帰依す）もいっている。「忍阿弥陀仏（法然の孫弟子の忍空）和漢の文字みなもて忘却す。よって片仮名之《これ》を囲ふ」と『一言芳談』に伝えている。笑話、笑話に非ず。

○手紙の上書に平林とあり（著者の俗姓）。折から来合せた出家に読ませたところが、へうりんか、へいりんか、たいらりんか、ひらりんか、一八十に木々か。でなければへうばやしかと。これほどこまかに読みわけたが、ひ、ら、ば、や、し、ということをぬかしてしまった。とかく推考はこういうものだ。

学者評論家の書くものを読んでいると、まったくこの通りのことが多い。

○途中に一人の老婆が休んでいて、涙をこぼしていた。通りがかりの人が眼にとめて、どうしたのかと聞くと、あすこへ行く人を見なさい。風体《ふうてい》紛《まぎ》れもない説教師だが、あの人の胸の中に果してどれだけ感心なことがあろうかと思うと、何だか悲しくなったのさと。

唯《ただ》ありの　人を見るこそ　おどけなれ　ほとけを見れば　唯ありの人

好い話である。ただ世渡りの手段にすぎぬ実態を見れば、いかめしい人々の得々たる言行もおどけ（滑稽）に見え、時にうらがなしくもなるが、さりとて人間の理想像は別段非人間的あるいは超人間的にあるのではない。仏は唯ありの人である。

○「憂喜、人による」という題で、

ますらをが　小田かへすとて　待つ雨を　大宮人《おおみやびと》や　花に厭《いと》はん

利久がわびの本意とて常に吟じた歌、

花をのみ　待つらん人に　山里の　雪まの草の　春を見せばや

古田織部《おりべ》が冬の夜つれづれに吟じておった夢庵の作、

契りありや　知らぬ深山の　ふしくぬぎ　友となりぬる　閨《ねや》のうづみ火

○七字の口伝《くでん》、山門には「あるにまかせよ」。三井寺には「あるべきやうに」。安居院には「みのほどをしれ」。いずれも同じ心である。

○東坡《とうば》（蘇東坡）三養

分に安んじて以《もっ》て福を養ふ。

胃を緩《ゆる》うして以て気を養ふ。

費を省《はぶ》いて以て財を養ふ。

さてこれで笑いもとまってしまったから、この辺で『醒睡笑』の書も閉じることとする。

（昭和三十八年五月）

芸と名人

時世と歌謡

論説などというものは、とかく為《ため》にするところあって、したてあげるものであるから、自然でないものが多い。そこへゆくと、歌謡というものは多く時世の中から自然に生まれるもので、真実がこもっている。頭の作品よりは情の流露が多いので、よく人を動かす。天保の始めに、「菊が咲く〳〵葵《あおい》は枯れる、西で轡《くつわ》の音がする」という民謡がはやった。敏感なものである。

明治元年になると「よいじゃないか」「えいじゃないか」が狂的に流行した。これは神符をばらまいて、お蔭詣《かげまい》りをはやらせた人々の煽動もあるが、巧く人心をつかんだものである。

えいぢゃないか　加茂川の水に流せば　えいぢゃないか
よいぢゃないかェ　アノ腹立てず　共に話せば　互にわかる胸

など現代民衆に共鳴を呼ぶものである。トコトンヤレトンヤレナも松陰の弟子の品川弥二郎の作詞、大村益次郎の作曲指導と伝えられている。

維新当時流行の歌謡を集めた『二葉松』という珍本がある。桜川幸八自筆の流行唄本だと山岡鉄舟の跋《ばつ》があるのもおもしろい。序の中にある歌「呉竹《くれたけ》の　うきふし繁き朝夕もただうき〳〵と　くらせ世の中」もその頃の江戸ッ子の本音が聞える。

明治になると、ますますはやり出した都々逸《どどいつ》に、次のようなおもしろいものもある。

えぞの果さへ開拓するに　なぜにお前は開けない
文明開化で規則が変る　変らないのは恋の道
二人の浮名を広告社へ頼み　広く世間へ知らせたい

ここらあたりにもう現代週刊誌の縁起があるというものか。

厳しくいえば「詩に興り、礼に立ち、楽《がく》に成る」（論語・泰伯）。さすが孔子である。むつかしい漢学の五経の中にも『詩経』がある。『詩経』の「国風」というのは即ち各国の民謡である。私は楽しみにその国風と日本古来の民謡とを比較研究してみたこともあるが、もとより専門外の、ほんの道楽のことなので、いつのまにかやめてしまった。しかし、民謡というもののおもしろさは今でも忘れない。もっともこの頃の新しい民謡は歌手の人間としてのつまらなさ・いやらしさから、とんと興ざめである。それはさておき、日本の民謡について徳川中期、東北・北海道をよく旅行して、立派な著作を残している菅江真澄《すがえますみ》の一著『鄙廼一曲《ひなのひとふし》』や、同じ頃、柳亭種彦《りゅうていたねひこ》らによって集められ公にされた（いろいろの考証はあるが）『山家鳥虫歌』などの諸書は、今も民謡を聞くとよく思い出すものである。

山形の西根の山里で、「左に杯をとり、右の手に扇をひらきもって小歌舞」をするこの歌に、「酒は諸白《もろはく》、お酌はお玉、西根の池の鯉鮒《ふな》、さしたき方《かた》はあまたなり、さしたき方《かた》は唯《ただ》ひとり。とて、つと、ゆくりなう、さしつ」（鄙《ひな》の一ふし）などある、まことにおもしろい。

春の野に出て　若菜《わかな》をつめば　雪はやさしや　ふりかかる
桔梗《ききよう》の手拭を　前歯でくはへて　立ってゐたげか　裏口に
お前見るとて　たんぼへ落ちた　又も落ちましょ　谷底へ
わしとお前は　双葉の松よ　何ぼ落ちても　離れまい

など三河の国の麦搗歌《むぎつき》・臼曳唄《うすひき》だそうだが、優にやさしい。その中にまた

人に勝つなよ　心に勝てよ　とかく心は　敵でそろ

というようなのがあってうなずかされる。

臼は回さで　嬌態《しな》ばかつくる　しなで回ろか　この臼《うす》が（筑後民謡・山家鳥虫歌）

には、ほほえまされる、好いユーモアだ。

髪を島田に　結《ゆ》はうより御方《おかた》　心島田に　持ちなされ（播摩歌）

もよいではないか

咲いた桜になぜ駒つなぐ　駒が勇めば花が散る

もすでに同書に出ている。

若い女の願《がん》かけるのは　神も仏もおかしかろ（大和歌）

人のことかと立寄り聞けば　聞けばよしないわしが事（河内歌）

など思わず微笑させられる。

勤めすりゃこそ　わごれ（お前）の様な　野暮の酌すりゃ足もする

わしは小池の鯉鮒《ふな》なれど　鯰《なまず》男はいやでそろ（伊勢歌）

とは辛辣である。遊冶《や》郎に与えるこの上ない痛棒か。

石臼《いしうす》芸と茶臼《ちゃうす》芸

藝（芸）という字はむつかしい字であるが、もっとも広く世に知られ使われている字の一つであろう。

元来これは「植える」とか種を「まく」ことで、それから「才能」を意味し、論語に孔子の弟子の冉求《ぜんきゅう》を評して「求や芸」とあるが、その注に「芸とは才能多きをいう」とあるから、とにかくいろいろの事ができるのを芸というので、一芸ぐらいで芸人といえない筋合である。

しかるに曽呂利《そろり》狂歌咄《はなし》に、「何につけても心え侍《はべ》れど、世にいふなる石臼芸になりつゝ、身も成り立たず」云々《うんぬん》……とある。石臼芸ということ、われわれはよく聞かされた言葉であるが、石臼など姿を消してしまった今日の人々には、もうわからないことであろうか。

石臼芸はもう一つの茶臼芸と対する語である。武田信玄のことがいろいろ書いてある『甲陽軍鑑』の中に、「石臼といふ物は、種々の用に立てども、百姓さへ座敷へあげぬなり。さてまた茶臼といふ物は、茶をひく一種なれども、これは又侍の所にて一入《ひとしお》馳走いたす。信玄が見立ては、家康が無能は茶臼、氏政（北条）氏真《うじざね》（今川）手跡の能と歌の作は只《ただ》石臼の如《ごと》し」といっている。この二語はいろいろの書物に出ているが、要するに小器用にできて便利ではあるが、本格にはいかぬ芸、いわゆる「座敷へ出づることとならざる芸」が石臼芸で、「座敷へ出せる芸」、本格にはいっているものが茶臼芸といえばまちがいあるまい。

シナにも螻蛄《ろうこ》（石鼠・けら）の芸（才）という熟語がある。けらに五能すなわち飛ぶことも、縁《よ》る（這いつく）ことも、泳ぐことも、掘ることも、走ることも五つできる。しかし、いくら飛んでも家を越せぬ。這《は》いついても木ぐらいにすぎぬ。泳いでも谷をわたれぬ。土を掘っても身体を隠しきれぬ。走っても人にかなわぬ。

つまりどれもこれも好い加減にすぎぬものである。「けらの水渡り」という語もある。これは中途半端で終ることをいう。もっとも一芸一道に達して、おのずから衆芸に通ずるということもある。これは大したものであるが、なかなかそうは参らぬ。せめて何か一芸に達することが大切である。そうすると他芸はできずとも、それを鑑賞して自ら得るところあるに至るものである。

「君子・多芸を恥づ」ということもある。私は自分で何の芸もないので、負け惜しみもあろう。この語が好きで、これにもう一つ対句をつけて、「君子・多芸を恥づ。達人・少欲を愛す」などと称して独り慰めている。汗顔《かんがん》々々。

芸と心

私は幸か不幸か自分の学問が精一杯で、芸事など何一つできない人間であるが、身内には多芸の人もあり、母は三味の名手であった。世間に出るようになって、友人に案外芸達者の少なくないのによく驚いたものであるが、とくに芸道の名人たちの苦心談や評論には感服させられることが多く、そういう記録をずいぶん愛読した。

ある夜大阪で、徳川時代の名優三代目中村歌右衛門の話が出て、備中吉備津《きびつ》宮の神職藤井高尚と彼との間の問答に非常な興味を覚えた。高尚もなかなか芸道のわかる人であったが、あるとき歌右衛門と会談のおり、高尚は雛助（後の小六）と団蔵のことに及んで、雛助は芸を少なくして、心持を出そうとしたが、団蔵の方は芸を大変こまかに演じた。貴方はどう思うと尋ねた。

歌右衛門の好敵手嵐吉三郎は、この雛助に学んだ名優である。歌右衛門は雛助が芸を少なくして心持を出そうとしたのは、実に上手のわざで、余人の及びもつかぬことである。なんの役をやっても、情を尽して、見る人々の心をそれぞれに動かすというのが彼の独特の芸で、こんな役者は昔も稀《まれ》であったが、今は絶えておらない。団蔵は芸をこまかにして、見る人々の心に少しも逆らわず、何をしても褒《ほ》めそやされたが、これも類《たぐい》稀な上手である。しかし今時の役者の上手といわれるような人々は、団蔵をまねようとはするが、雛助を学ぶことはできない。ただ吉三郎だけは、これを学ぼうとする志があったと答えている。英雄・英雄を知るの類である。

高尚がまた、梅幸や鯉長の芸を見ると、いずれも情を主として、見る人の心を動かすようにと志しているが、近頃の役者は仕草《しぐさ》の方ばかりを主にして、見る人をただおもしろがらそうとするようではないかと話したのに対して、彼は昔と今と時世が変ったといっても、芸はやはり情を主とするのがよろしい。おもしろくするということも、役によって良い場合もあるが、ただおもしろくということを主眼にするのは悪い。芸をおとなしくして、情がよく仕草にうつり、仕草がよく情にかなうようにするのが肝要だが、さてなかなかそうは参らず、我も人もおもしろくする方ばかりに流れるものであると答えている。

現代どの方面を見ても、この談話の通りではないか。思想評論界・文壇芸能界・事業界・政界までが、いかにして大向うの気に入られようかとねらって、おもしろくすることばかりに馳《は》せて、はなはだ心というものをおろそかにしている。もっと心入れがほしいもので
ある。

詩情詩神

うるさい世の中である。

歌や踊りまで騒々しい世の中である。しかるに時折人に招かれて、思いがけなく耳にする古い歌謡の文句に、アッと感じ入ることが少なくない。そういう文句を巧みに歌いこなされた時など、ほんとに涸《か》れて、ひびわれしそうな胸の中に、時ならぬおしめりにあう心地がする。

これは聞いたのではない、見たのであるが、河東節の一節に、「うき世の人のそらごとを、あつめて埋《う》めてみるならば、浅くなりなん天の川……」とある。その巧みな構想にしたたか参った。七夕祭りで有名な仙台で流行《はや》ったという同じ河東節、「ささにひと夜のゆかりあり、たなばた様とかきちらす、かむろが筆のかささぎの、はしたないやら恋しいやら」。全くうまいものである。

隆達節《りゅうたつぶし》の小歌に誰もよく知っている、「恨みたけれども、いやみのほどもなや、惣じて恨みも人によりそろ……」など心憎い。

「むっとして帰れば門の青柳に、くもりし胸も春雨の、又晴れて行く月の陰、ならばおぼろにしてほしや……」という端唄《はうた》を誰も立派な文芸と感ずるであろう。

隆達といえば、林吉兵衛が小早川隆景を三原城に訪うた時、隆景がこの頃上方では、どんな歌がはやっているかと尋ねた。彼は隆達の小歌の中に、「おもしろの春雨や、花のちらぬほどふれ」という小歌こそ、老若男女歌わぬものはありませぬと答えた。それはおもしろい、隆景はいった。お前それをぜひ輝元卿に歌って聞かせてくれ。老臣奉行らもこの歌を会得せよと伝えてくれ。

そういえば黒田節の縁起に、熊沢蕃山《くまざわばんざん》の今様がある。「雲のかかるは月のため、風の散らすは花のため、雲と風とのありてこそ、月と花とはたうとけれ」。——純粋な邦楽は好い。

堪能の人の言葉——憂と義理

終戦後十年もたった頃である。スウィスからきたピアニストのエッガーという人の感想を何心なく新聞の中に発見して、心に印したことがある。この人は今日のヨーロッパは疲れている。現代音楽の多くは純情と人間性とを失って、頭だけで音楽を作っている。これからの音楽はふたたびロマン性を回復しなければならぬと語っていた。それからまた十年がたった。今日のわが国の流行音楽は乱れている、浮いている。純情や正しい人間性が確かに失われている。マスコミの商業主義がひどく禍《わざわい》していることも、一の大きな原因をなしておろう。

中国の音楽に通じた学友の一人が、先日久ぶりに香港から東京にきて、雑談の砌《みぎり》テレヴィの流行歌手を評して、いずれもうまいが、概して人間的欠陥と、修業の未熟さが露骨にうかがわれる。日本のためにも、もっと真剣味なものが欲しいと呟《つぶや》くように語っていた。

流行の勢いは恐ろしい。赤穂義士の仇討がすんだ元禄十六年の春、大阪の曽根崎で有名なお初・徳兵衛の曽根崎心中があった。その純情可憐な心中に感じた竹本義太夫が、これを題材にして歌舞伎に上演することを思い立ち、相談を近松にした。そして近松の作りあげたのが後世有名な「曽根崎心中付たり観音めぐり」で、その名文には荻生《おぎう》徂徠《そらい》も感歎したというので、実は始めて私も興味を持たされたのである。それはとにかく、これが大当りとなって、その後しだいに心中が流行するようになり、「流行《はや》るは流行るは乞食の寝たのも心中と人がいふ」と狂句師に謳《うた》われるようになった。

むつかしいことはさておいて、欲しいものは人情の粋と、なんの道にも精進の大切なことである。薄っぺらと怠慢はもっとも人を毒する。それにつけても芸道界に勝れた人物や芸風の興ることを熱望する。近松の弟子であった竹本座の元祖竹田出雲が俳諧を好み、「奚《けい》疑《ぎ》」（奚《なん》ぞ疑《うたが》はん）と号しているのに、彼のゆかしい心中の一面を発見した。「奚疑」はもちろん陶淵明《とうえんめい》の「帰去来辞《ききょらいのじ》」の結句である。竹本義太夫も成功の後、一時芸界を退いて念仏三昧に入ったことがある。彼の没後、その肖像に近松が賛をして、「堪能の人のいゝしは、ふしに節あり、ふしにふしなし。ことばにふしあり、言葉にふしなし。かたるに語りて、ふしにかたるなど、此六句のものは、得《え》やすきやうにて得がたきのみ。能《よ》く得たる人は誰ぞや。前筑後掾《ちくごのじょう》藤原博教。一ふしをかたりのこしてうつし絵に今も声ある竹のおもかげ」としたためている。さすがにゆかしいものである。彼は常々「浄るりは憂が肝要」「憂はみな義理を専らとす」といった。今の世の人の心にこの「憂」と「義理」とがなくなったのではないか。

遊ぶということ

遊ぶということは、子供に限らず、およそ人間生命の自然の作用である。どういう理由でとか、何のためとか、何とか、一切条件抜きの、何とはなしに、ただそうせずにおられなくて、そうするのが遊びである。だから自然で、真実で、美しく、愉快である。何事も遊びにならねば本ものではない。商売のようなもっとも利に絡《から》んだことでも、商道の達人になれば、けちな算盤《そろばん》ずくで商売などしない。商に遊ぶところがある。まして芸事ともなれば、孔子も曰く、「芸に遊《あそ》ぶ（游は遊と通用）」。人生も達すればすべて遊である。『荘子』に逍遥遊を説いている。仏道も大乗は遊戯《ゆげ》三昧という。

さて、この遊の由来であるが、黄河の流域に発展した古代漢民族の常にもっとも苦しんだものは河水の氾濫《はんらん》であった。禹《う》の故事でも有名な通り、黄河の治水が内政最大の問題であった。何しろ四千粁《キロ》・一千余里に及ぶ長江である。へたに手をつけると、とんだところにどんな反動が及ぶか計り知れないものがある。長い年月、あらゆる手段を講じて、苦労を重ねた結果、到達した結論は、その河水がもっとも激した時に奔流した通り、水路をつけることである。いい換えれば、常に河水に抵抗することなく、これを意のままに赴《ゆ》かせることである。そうすると河水はいつも激することなく、ゆったりと自然に流れ去る。このゆったり流れるのが優游である。行方を表せば遊の字、水を主とすれば游の字、どちらでもお好みしだい。他の干渉を受けないで自由に流れる意味を自適という。適は元来「ゆく」という意味で、自由にゆくのは快いから、適を快適とか暢適《ちょうてき》とかいう意味に使うわけである。つまり黄河の治水に惨澹たる苦心をした結果は、黄河の水を優游自適させることにしたのである。まことにおもしろい。

われわれの生活も苦労である。人生・意の如くならざること十に七八と詠嘆されているが、何人もそれぞれ悩みが多い。もし、これと悪戦苦闘するばかりなら、どんな災害が起るか測り知れない。胃潰瘍や肝臓・心臓の障害、精神異常等々、誰も日常ざらに見受けることである。善く生理をわきまえた人は、どこかに優游自適をもたねばならない。芸に遊ぶことはその一つである。よく芸に遊べばその人を救い、その生活、その事業をも健やかにすることができよう。古来邦楽にはこういう意味でのおもしろい游士が多かったように思う。

名人と修業

五代目団十郎の座右の銘として伝わっている手記の中に次のような言葉がある。

一、よい人のまねする。わるい人のまねせず。
一、人の真似《まね》わるるし。心で真似るよし。
一、出世をするにしたがひ、わるいことをいうてくれる人なし。そこで悪いことを見て、聞いて、いうてくれる人をこしらへて置くなり。
一、いつまでもおれは下手だと思うてゐるがよし。一生いつまでも下手だと思ふがよし。おれは上手だと思ふと、もうそれきりなり。

五代目団十郎は人物が勝れているというので聞えた役者である。なかなか見識が高く、鼻っ柱が強くて、容易に人に同じない癖も強かった。実父の四代目が自宅（深川木場にあった）に修行講というものを作って、門人を集め、工夫勉強させたが、彼はとんと無関心で、あんまりよりつかなかった。しかし流石《さすが》に彼は彼なりに、こういう心がけで精進していたのである。彼は伜《せがれ》の海老蔵に六代目団十郎の名を譲って、自分は蝦《えび》蔵と改め、寛政三年市村座の顔見世で行った口上に次のような自解を陳《の》べて、「祖父、親は海老蔵の文字をつけましたが、わたくしが名前はざこ蝦《えび》の文字を用います。また祖父は栢莚＝〝かやのむしろ〟と書き、親は栢の字のつくりの百の一を減じ、〝柏莚〟としたためまして、〝はくえん〟と申しました。わたくし儀は先祖の名苗字《みょうじ》をつぎまして、人まね仕りましたる猿でござりますれば、訓声《よみごえ》のはくえんと申すばかりにて、なかなか名人上手のことには毛が三本足りませぬゆえ白い猿と書きますが、また前申上げましたる祖父は名人、親は上手、いづれもお江戸の飾りえびにござりますれど、わたくし儀は、ほんのざこえびにござりますれば、魚へんに叚の字を書いて改名仕ります」とやったのが大評判になった。これは彼の冗談ではなく、本気である。

初代嵐雛助も鼻っ柱が強くて皮肉屋であったが、芸道にかけては厳しかった。団十郎よりはやや遅れて、寛政七年、実子に名を譲って亡父の小六を襲名した。若い二代目が舞台で大向うから頻《しき》りに声がかかるので、得意になっていたところ、「即座に声のかかるのは浜芝居の見物だ。大歌舞伎の御見物は芸をやっている間にほめるもんではない。声さえかかればうれしがったり、いらぬ見得きったりするのは十文役者だ」ときつく叱っている。こういう心がけは今どうなったのであろうか。

名人芸――歌右衛門、団十郎、団平のことども

ある料理の名人が牛を解剖する包丁《ほうちょう》さばきの、あまりの巧《うま》さに見とれた主人が、技《わざ》というものも、ここまで至るものかとつくづく感心したところ、その料理人が「いえ、これは技というようなものではございません。〝技〟よりも進んだ〝道《みち》〟というものでございます」と答えた話が『荘子』という書に出ている。

勧進帳の義経は歌右衛門得意の芸として有名だが、「判官おん手」のところで義経が手を出す、それを見て弁慶が後へとびすさって恐れ入る、その手を、出すか出さぬかにとびすさる呼吸は、団十郎以外に真にぴったり合った人がないと当人自身語っている。その団十

郎は、台辞《せりふ》を間違わぬようにいおうと思うな。そう思うと、台辞が死んでしまうといったそうである。内蔵助《くらのすけ》に扮した団十郎に主税《ちから》になった歌右衛門が「父上、父上」と呼びかけて「せめて大事の小口なりとも」というところで、団十郎は「そう台辞でいってはだめだ。腹でいわなくっちゃ」と首を振った。まだ若かった歌右衛門には、それがよくわからず、さんざん考えたあげく、見物人に、聞えても聞えなくてもお構いなく、その心持さへ通ずればよかろうと思って、その通りやってみたら、「それ、それ、それでよい」と始めて団十郎に許された。スタンド・プレーなどを好んでやるようでは、とてもだめなことが、これでもよくわかる。

この歌右衛門が「坐っている客を泣かすのはらくだが、腰かけている客を泣かすのはむずかしい。立っている客を泣かすのは最もむずかしい」と話したことがある。非常におもしろい。いろいろと考えさせられるではないか。人間は、正しく坐ると臍下丹田《せいかたんでん》が充実する。臍下丹田は重心の存する処であるから、ここが充実すると自然、雑念がなくなる。すなわち純真になるから、善い意味で感じやすくなるのである。この頃の男女のように褌も帯もしめず、ふらふらの姿勢では名人芸もとんとわかるまい。

三味線の名人として有名な大阪の団平が、ぴたりと座に着いて、やおら弾き出す絃《いと》の音《ね》締めは実に強くて、人の心腸に徹するものがあり、浄瑠璃を語る太夫が、団平の絃にかかると、よく下痢を起したそうである。政治家の演説、学者の講演、何にしても、腹にこたえるものが一向にない現代にあって、しみじみ名人というものを慕わしく思う。

寿命と芸術――命には終りあり。芸には果あるべからず

学者にいわせると、学術の進歩は、やがて人間の大多数を百歳ぐらいまで生かせることができるだろうという。欲の深いのが、百以上はだめかと問うたら、いやもっと生かせることもできるわけだが、人間はそれくらい生きると、たいていもう生きることに一種の疲労や、ときに嫌悪を覚えて、もう好い加減にしたいという気分、メチニコフのいわゆる死本能、一日働いて、疲れると寝たくなるのと同じようなことになるものである。そこで本当に長生きしようと思えば、肉体の健康はもとよりであるが、実は精神の健康がさらに大切なことであると、思慮深い医師もひとしく説いていることである。

かのメチニコフは、誰が自然死で卒しただろうかといっている。専門家の研究では、単細胞生物は本来、不死である。滴虫類など、いくら細分しても再生作用が行われ、切り離された微小部分が二時間もすれば、また完全な元の身となる。これらが死滅するのは、餓《うえ》

やら凍えやら自家中毒の作用による。高等動物になるほどそれが複雑になるのである。身心をなるべく自然に清浄にしておれば、人間もなかなか死ぬものではない。

ロンドンの有名なウェストミンスター寺院に葬られている英国の農夫トーマス・パールは百三十まで耕作に勤め、のちロンドンに出て、百五十二歳九ヵ月で腸を悪くして死んだ。ノルウェーのドラーケンバーグは九十一まで船員生活し、百四十六で一七七二年に亡くなった。一八〇九年に百二十で終ったドフネル博士は百二歳で再婚し、三人の子供まで作ったという。それよりも偉いのは享保年間に没した大阪の大学者一井鳳梧《ほうご》先生で、門人千を越えたというが、百十六歳で十六の若い女をもらい、寿杯に「百のけて、相生《あいおい》年の片白髪」という句を添えて友人知己に配っている。惜しいかな、間もなく没《な》くなった。古人曰《いわ》く、「仙薬百嚢、独臥に如《し》かず」と。

よくよく考えてみると、いくら長生きしてみてもたかが知れている。要するに命には終りがある。しかし芸には果てあるべからずである。鎌倉彫の名物で名高い春慶堂の秘伝といわれる芸訓の一と聞いているが、まことに芸には終りがない。「生きてゐる間、芸の行きどまりを見せずに一期を終るを、まことの芸とす」とも説いている。頭が下る話である。名人は自分の一生を立派な芸術にする。さすればもはや年齢など問題ではないのである。

名妓吉野

吉川英治氏が宮本武蔵を書き始めた頃、一夜芝の金地院《こんちいん》の中にあった琵琶の名人吉村岳城氏の庵で、三人会飲したことがあった。そのとき吉川氏から名妓吉野と灰屋紹益の話を聞いて大いに感動した。それまで吉野という世に稀な美人で心ばえも優にやさしく、教養も立派だった名妓が寛永の頃におった話を聞き知っていたが、一向念頭になかった。そこへゆくりなく吉川氏の話で新たに感興をそそられ、いろいろ文献をしらべてみたことがあった。そして人の世の中に、あらゆる意味で神の傑作ともいうべきこんな女もあったのかと感嘆した。彼女は京の六条柳町の林家の太夫であった。慶長十一年丙午の生れで、十四の年、立派に太夫の座に上ったというから、よほど良くできた美人に相違ない。父は松田武右衛門という武士で、流浪して京都に住みつき、扇子の内職や習字の師匠をしておったらしい。本名松田徳子、太夫になる前は林弥といった。長ずるにしたがってその美容は接する者を恍惚として自失させるほどであったが、教養も優れ、和歌・連歌を善くし、書もでき、琴・琵琶・笙《しょう》に達し、茶の湯・活け花・香道に通じ、碁も上手、酒の嗜《たしな》みも限りない情趣を添えたという。信心も深く、日蓮宗に帰依し、鷹ケ峰常照寺の日乾上人に参じ、寺門を自身で建立している。これほどの女を心酔させた灰屋紹益も非凡であった相違ない。当時、位人臣の栄を極めた近衛信尋も吉野に傾倒しておったが、紹益に負けて、「年来誤まり候《そうらい》て執着候事の今更《いまさら》截断叶《かな》ひ難き事出現候て妄念乱れ候。一両日山居候て仏法の道理も申し談じ候はば如何《いかが》」などと松花堂に書送っている。紹益は吉野よりもちろん年上と思っておったが、実は吉野二十六歳、紹益は四つ下の二十二であった。これだけでも紹益の出来ぶりがわかるような気がする。吉野の和歌として伝わっておるものの中に次のような作がある。

ふたつなき　心を君に　とどめをきて　我さへ我に　まよひぬるかな
こひそむる　その行末や　いかならん　今さへふかく　したふ心を

現代邦楽界の名人にこれを何とか活用してもらいたいものである。さて最後に一つまた心憎くも思わせられること。彼女は年なお三十八の女盛りに白玉楼中の人となった。紹益悲歎のあまり、倶《とも》に愛した盃で、彼女の遺骨の灰を呑みほしたという。（昭和四十九年十一月）

大《たい》隠《いん》市《し》語《ご》

——昭和十三年三月—昭和十四年五月

一　教学の堕落

大隠は市に隠《かく》るというが、さすがの大隠もこの頃は小隠の後を追うて、時に山に隠れたくもなる。ただ山を買うべき計もなく、いたずらに市に呟《つぶや》く言葉を山野の人が聴いてくれるであろうか。

○

今度警視庁がネオン街の検挙を行った。三日間にわたって引致すること七千人。その過半は学生であったという。その学生のまた過半はほとんど学生とは名ばかりで、学生の姿はしていても、多く紅燈緑酒の間に彷徨《さまよ》うて、脂粉の香と淫靡《いんび》な娯楽をもとめるほかにもない輩であった。山野の民である父母兄弟は寂寞《せきばく》たる農村に寒素な生活に甘んじて孜々《しし》として働きながら、その汗と脂、否《いな》、血と涙にひとしい金を愛する子弟のために送っていたものが多いであろうが、それを受けとる若者がこの有様でいようとは、なんという悲劇であり罪悪であるか。日本人はこの空前の難局に処して、教育と生活を根本から警醒《けいせい》しなければならない。

○

一体学問とは何であるか。いまの世間は一般に学問とは学校でやる課目のことぐらいに考えている。ところが学校で学生はその課目をどう学んでいるか、忌憚《きたん》なくいうと、要するに学校へ入って課目を一通り受講しないと試験を受けることができない。試験を受けてなんとかごま化して通らないと卒業ができない。卒業ができず免状が貰えないと就職ができない。就職ができないと給料が貰えない。給料が貰えないと衣食ができない。世間に肩身がせまい。それだからおもしろくもなんともない、否、むしろおもしろくなくて仕方がない。学校の課目をごま化して過す。その代りできるだけ隠れてどこかで憂《うさ》を晴らす。こういう生活をしておるのだ。教える方でも本当に人の子を立派な人物にしてやろう、できるだけ学問の真義を会得させよう、自分は不敏ながら教育学問の神聖な職務に携わっておるのだ、というような殊勝な心がけの人もまことに少ない。せいぜい自分の受持の学生から、上級学校に少しでも多く入学者の出ることを誇りとするぐらいの親切者がまだ好い方である。こういう学校勉強が果して学問の名に値いするであろうか。果して教育といい得るのであろうか。これくらいのことも世間一般は果してどれほど真面目に考えておるのであろうか。農村の窮乏も、意外に経済問題よりはこういう教育問題・常識問題に原因することが深くなかろうかと思う。

○

その就職採用の現状を観《み》ても、今日になっても相変らず帝大出は○○円、早大出は○○円、専門学校出はさらに下って○○円、そういうようなことがなくならない。それが果して人間を採るにどれだけの意味があるのであろうか。この複雑多忙な世の中に厳密に人物を銓衡《せんこう》する方法はちょっとないから、そういう漠然たる方針にもまんざら理のないこともないではないが、もうすこし真実に人を採る方法を考えれば、よほど教育を革《あらた》める上に助力もできよう。また法定の学校に一定年限籍を置いて、一定額の授業料を納めて、なんとか試験をごま化して通れば、それで資格を与えるようなこともやめて、世間を通る旅行免状にひとしい資格というものは、別に国家の手で試験し付与するような方法でも取れば、これもまた教育革新の一助になろう。そういうことも、今日至急に考えなければならない。今日は庶政一新的机上議論ではなく、人間の考え方や習慣そのものを一新することが遙かに大切である。

○

たとえば今日の人間は、なんぞといえば頭が善いとか、悪いとか、頭で人間を評価する。もうわれわれの先祖がいうたように「腹」ということをあまりいわぬ。頭とは何であるか。それは浮世三分五厘《りん》的生き方に過ぎない。世の中を深刻にわたること、人間を真実ならしめること、人生を尊くすることなどに役立つ力ではない。そこに腹の尊さがある。腹とは世の中を深く洞察し、人生にどっしり落着いて、自己――他人――世間――国家、すべてを真に血あり涙ある尊いものにしてゆく力である。これからの世は殊《こと》に頭の人間では救われない。いままでの教育で腹のある人間ができようはずはないではないか。

○

近代のインテリ階級はみな主義者である。口を開けば自由主義だ共産主義だ、ファッショ主義だ、何主義だ、彼主義と、主義を振り回す。その主義が一体どれほどわれわれの生活に意義があるのか。瑞西《スイス》の哲人アミエルもその日記に、われわれの主義なるものは、恐らくわれわれの欠陥に対するある知らず識らずの弁護に他ならないであろう。自ら自分の弱さ、空しさ、穢《きたな》さをごま化す大見栄にすぎぬかも知れないと考えている。彼はまた、人間の行において習慣は主義以上の価値がある。習慣は生きた主義だ。肉となり本能となった主義だ。主義を革めるなんということは何でもない。それは本の題名を変えるほどのことに過ぎぬ。それより新しい尊い習慣をつけることが大事だ。人生は習慣で織った着物だともいうている。彼はまた教育についても、考えればなんでもない智識をごたごた詰込むよりも、いかに尊い人生を暗示してやるかが大事だと考えている。とにかくもっと真実でなければならぬ。真実ということが人生万事の根柢《こんてい》である。

○

学校でやることだけを学問と考えるものであるから、近頃の青年は学校を卒《お》るともう学問をやらない。もし学問の意味がほんとうに解れば、学問はむしろ世の中に出てからやるものだ。大哲朱子が友に与えた手紙に、「役人になっていると修業ができないというが、もし俗学からいえばまことにその通りだ。しかしながら聖賢の学問からいえば、日常の生活以外に学問はない。役人になって時務を執るなかに立派に学問がある。従来の学問ぶりはどうも自分を棚に上げて、外物にばかり趁《はし》った弊害を免れない」と語っている。また別の手紙の中に、「学者というものは文字言語ばかり追うて心に真の把握がない。そこで一生なんだかとりとめがなくて、そのままに過ぎてしまうものが多い。近頃病気になって思うように本が読めない。しかるにそのために却って心に進歩するところがある気がする」と述べている。実に哲人の言葉ではないか。大隠君この頃しばしば風邪を引いて、熱が高いと思うように本が読めぬ。そのために却ってこんな立派なことを考えるようになった、呵々《かか》。

（昭和十三年三月）

二　日本人の教養

教えというものは畏《おそ》ろしいものである。この頃頓《とみ》に日本精神、国体の神聖、東洋文化の再認識というようなことがしきりに宣揚せられる。シナやインドに対する注意なども喧伝《けんでん》せられるようになったが、これを大正から昭和にかけての有様にくらべると、真に隔世の感なきを得ない。

およそ今日三十代から五十歳くらいまでの人々、つまり世の中の第一線に立って活躍している人々には、大概今日（昭和十三年）とはまるで違った雰囲気の中に教養を享《う》けて育ったもので、多少ともその思想感情の影響をうけておらぬものはない。ちょっと著しい二三の例をあげても、たとえば当時デモクラシーが非常に流行した。

デモクラシーの真精神は、非人道的な奴隷制度などが横行した欧米の社会悪を救うて一切の人間に人格を認め、いかなる人間もすべて人格を有することにおいては平等である

――とにかく非人道的に扱われる憐むべき大衆に人間性の権威を認め、できるだけの教養を高め、政治に参与する権利も与え、美しい平和な世の中をつくることにあったのであるが、いつの間にかそれが似而非《えせ》デモクラシーと変じて、およそ人間である限り英雄も哲人も凡人と一向変ったところはない。いかなる偉人であろうが、やはり食欲もあれば色欲もある。否《いな》、むしろ偉人などというものは一般大衆の無智に乗じて権力や名聞を盗み取り、彼らを駆使して自己の特権をほしいままにする憎むべき大衆の敵だ。英雄とか偉人とか、彼らの権力組織というようなものを打破しなければ世の中は救われない。大衆はいつまでも虐《しいた》げられなければならない。英雄の偶像崇拝を脱せよ。平凡こそ真理だ。平凡にこそ価値があるというわけで、妙に平凡を礼賛し、いたいけな少年までが、学校の卒業式に「われらは英雄になるのでもありません。偉人を慕うのでもありません。われらは平凡にして善良なる市民たらんことをもって光栄といたします」というような答辞を述べる有様であった。

したがって国家というものは権力組織のもっとも代表的なものであって、中でも君主国はもはや地球上より亡び去るべきものである。近代学者の業績の中で、コロンブス以来の大発見は、国家の外に社会を発見したことだ。われわれは国家を脱して社会に生きなければばならない、というようなことが公然と論ぜられたのであった。この傾向を深刻に煽《あお》ったものは、いうまでもなく共産主義の流行である。共産主義者はそのために、天皇や皇室を否認し、日本の都市にも農村にも、いたるところ猛烈な階級闘争を煽動《せんどう》し、国体の擁護だ日本精神だというわれわれの主張は、時代錯誤の頑冥《がんめい》不霊なもののように攻撃して、多くの文化人はむしろそれを青眼をもって迎えるのが普通であった。実に寒心にたえなかったものだ。

○

デモクラシーに関連して想起されるのは、また当時のいわゆる自由主義である。自由とはいうまでもなく自ら真理に従って生きること、金とか位とか権力とか、そういうような外部的な力に強要されて、自己を枉屈《おうくつ》して心にもない行動をすることではなく、厳たる自己内面の良心に従って行動することでなければならないのであるが、その自由はとんでもなく誤られ、無反省な、自己の欲望を放縦《ほうしょう》に遂行する上になんらの障碍《しょうがい》ないことを自由と錯覚して、一切の克己的道徳、家族制度、国法、国憲のすべてに反感をもち、これを非難し、教育なども礼儀作法や鍛錬陶冶を忌み嫌って、子供に好きなことを勝手にやらせることが長所を延ばす所以《ゆえん》で、自由主義教育であるというように考え、師弟の間に何の礼節も薫陶《くんとう》もなく、放埓《ほうらつ》きわまる学校などが簇生《そうせい》した。であるから、当時少青年であった人々には、今日になってもどことなく行儀がない。だらしがない。礼節を解しない。無作法というこことと、くだけておる――脱落しておることとを混同して、感情的に礼節の士を白眼視する傾向が抜けない。これなども、今日とくに異民族との関係等において深刻に国家を災いしておることは想像以上のものであると思う。

○

一体にその頃から日本人に育ってきたものは、狡猾《こうかつ》で破廉恥な利己的打算と甘い気分感情と抽象的な論理の遊戯である。それだから一体にそういう現代人は神経が細くて理屈が多く、そして人間が成っていない。近頃の日本人を満洲やシナにおける外国人が一様に評して、日本人はどうも理屈が多くて無作法である。小利を貪っていけない。どうも目先の仕事をしたがる。国家としては立派であるが、個人としては案外つまらないものが多いという手痛い批評をしているが、これは現代日本人の教養問題として深刻に反省しなければならないと思う。世人は案外、教えを口頭に重んじて実際に軽んずるが、教養ほど世を動かし人を左右するものはない。真の日本人の発展のためには、やはり教養の改善が一番根本のそして先決問題であると信ずる。大隠子、市に住んでいると、時々日本人頽《くず》れのしたいろいろの妖性男女に逢《あ》うが、みな思想教養の致す所以《ゆえん》だ。農村の父兄は伜を曲学阿世にせぬように注意せねばならぬ。(昭和十三年五月)

三　漢民族にどう対処すべきか

事変もいつしか一周年になった。街々に長期交戦の対策を主張し、国民非常の覚悟を促がす声がしだいに深刻に響いてきた。この際、心ある者はそれこそ激せず、躁《さわ》がず、競わず、随わずして、よく大事を為《な》さなければならない。大事を為すにはいかにも余裕が必要だ。孟子が息づまるような議論の後に、「綽《しゃく》々乎《こ》として裕なる哉《かな》」とうまいことをいっているが、日本人もシナ大陸に臨んで、幾億の民衆に処してゆくためには、この綽々乎として裕なる哉の心境があってほしい。

シナ人のようにしばしば侵略されたり、征服されたり、虐政になやまされたり、それにともなう陰謀や叛乱、疫病、飢饉《ききん》、あらゆる天災地変、そういうものの中を苦しみぬいて、根強く太々しく生きてきた民族の性格や文化は、非常に多面的で、矛盾に富み、軽率に決めてかかってはとんでもない錯誤におちいる。

たとえばある人々は、シナ人は惨憺たる歴史の中を生きてきただけに、実に老獪狡猾《ろうかいこうかつ》で徹底して利己的である。あらゆる忘恩悖徳《はいとく》に平然たるものである。こういう者に口先のうまい話やなまじいの道徳で治めてゆけるものではない。彼らを御してゆくにはただ力あるのみ。彼らをして二言といわせず、何とも策を施す術《すべ》なきまでに圧倒し畏服せしめるだけだ。彼らはとうてい力づくで叶《かな》わぬと見れば、たちまち羊のように柔順に追従してくると確信している。

するとある人々はこれと全く反対に、シナ人くらい柔《おと》なしい、シナ人くらい物堅い国民はない。それはこっちの仕向け方が悪いから、彼らがそういうようになってくるので、こっちが道を以《もっ》て交れば、かえって近代日本人などより平和な信愛できる民族だという。

それもあながち過言ともいえない。そうしてそのいずれをとって他を捨てても、要するに偏見である、あるいは浅見である。彼らは前に述べたように悲惨な歴史の中に育ってきただけ国憲も、国法も、政府も、官僚も、地位も、閲歴も、世間的な何物も信ずることができない。畢竟《ひっきょう》人間が信ぜられない。だから「人」べんに「為」すと書いて偽という字ができておる。さればこそ世の中をわたるために徹底して保身の術に長《た》け、臨機の才に富んでおる。

漢《かん》の高祖《こうそ》が楚《そ》の項羽《こうう》と交戦中、彼の信頼する蕭何《しょうか》がもっともよく後方勤務を全うし、糧食兵器の転送をたやさず、高祖の根拠地の治安を維持した。高祖は始終連絡をとってそれを確め、蕭何の功を犒《ねぎろ》うた。しかるにある友は蕭何に「君はそんなことでは功成って身が危い」「それはまた何故か」と愕《おどろ》く蕭何に、「漢の王は君の功労よりも、君が戦争中に後方で、ぬくぬくと己れの勢力を扶植しはしまいか。自分が疲れた時に謀叛《むほん》をしはしないだろうか、という懸念が始終ぬけなくて懼《おそ》れるのだ、だから君のために計るならば、君は食糧や武器の転送ばかりでなく、自分の一門一党の中から戦争に従事できるような壮丁《そうてい》を選んで、それをどんどん加勢に出すがよろしい。そうなれば始めて漢王も安心して喜ぶだろう」と忠告した。この策は果して非常に中《あた》った。その功で蕭何は群臣中第一の恩賞に預ったのであるが、しかもその後、またある人が蕭何を戒めた。「君はそれだけの恩寵を享《う》けて、それで安逸《あんいつ》しておると、とんでもないことになるぞ。皇帝は自分が長いあいだ戦争ばかりやって、さぞかし民衆から恨《うら》まれておるであろう。蕭何はいつも後方にばかりおって民心を収攬《しゅうらん》してきた。民衆は皇帝たる自分よりも、むしろ蕭何に附いているのではあるまいかという不安をもっておられるのだ。だから、君はこれから先々失脚しないで行こうと思えば、この辺でぼつぼつわざと少し民衆から不評判になる方を考えなければならない」といった。彼は民間の土地を安く買い上げて、大臣がその地位を利用して金儲けするというような評判の立つようにした。この策も果してまた非常に中った。

こういうように底に底があり、裏の裏をかく謀略が、なかなか日本人の思いもよらぬほど彼らに発達しておることは確かである。試みに『韓非子《かんぴし》』を読んだり、『戦国策《せんごくさく》』を繙《ひもと》くだけで、もう全く日本人たるわれわれは厭な気がしてしまう。けれどもそれで人間が済《す》むものではない。いかなるシナ人でも、そんな風で何千年も生きていられるものではない。こういう有様であるが故に、彼らはなにかに安心を得なければならない。何か信頼するものを得たい。なにか楽しむ生活をもちたいというような切なるあこがれをもっておる。それに触れると彼らはまるで善良そのものである、すこぶるの純情である。そうして彼らをそんなに善良にし、純良にするものは結局「徳」である。「誠」である。「愛」である。「真」である。そういう人物や、それを表す宗教・学問・芸術などである。そこでそういうものに対するシナ人の敬慕の念は、これはまた飢えたるものの食に対するが如《ごと》く、渇《かつ》したるものの水を見ると異ならない。だからこの二つは全然相容《あいい》れぬもののようで、実は同じ幹から生じた枝同志である。この矛盾したような二つの性質が一つのものから分れ出ていることをよく辨《わきま》えた人が真にシナを識っている人である。これはしかし徹底していえば、シナ人に限ったことではない。およそ人間というものがこうしたものではなかろうか。悪人あるいは無頼漢《ぶらいかん》が案外善良で純情であることが少なくない。善人が案外軽薄で虚偽に充《み》ちているることも少なくない。貧苦の生活に思いのほか人間味が豊かで、富貴の生活がむしろはなはだ内容空虚であり、またありやすいことは苦労人なら誰も肯けるであろう。

日本人はシナを治めてゆくには、無論シナ人の前者のような油断のならぬ方面もしっかり覚悟しておらなければならないが、それを無闇に警戒してそれに反撥するのは器が小さく、見識が浅いとせなければならない。堂々たる大国民、東海の君子国といわれる日本の識者は、シナに処する以上、その民情の機微を把握して、シナ人をして心から日本人を敬慕せしめるまでに至らなければならないと思う。つまり国際政治の苦労人にならなければならないと思う。そこに日本人の今後の学問修養の大きな深い心得が必要である。今までのような抽象的な、いたずらに概念と論理を操って、とりとめもない現実ばかりで、しっかりした信念見識のない、また感傷的で興奮しやすく、深い情操の陶冶もない、要するにまだ錬れない苦労の足りないいわゆるインテリ的日本では、このシナ大陸を治め導いてゆくことはとても難かしい。われわれは明治の時代にあったような敬重すべき老練な達人傑士を、今後一人でも多く世に出したいものである。これからまたそういう人が必らず出てくるであろうと思う。(昭和十三年六月)

四　小隠山語

一

小　隠　山　語

大隠市語、今回に限って実はとせねばならぬ。というのは、市に隠るる大隠先生も、このところだいぶ市の病毒に罹《かか》って、入院治療の余儀なきにいたった。この病気を治すには、深山幽谷院か、少なくとも山紫水明院に入院せねばならぬ。そして朝早くからの電話や呼鈴のけたたましい音、心をこめた仕事を寸断する訪問客や不愉快な俗談、要するに大した意義もないことであって、しかも免れることのできない世間の往来雑事、そういうものから隔離して「自然」という名医独得の処方になる、次のような七味の霊薬を調合してもらって服用する。

一、山　色
一、渓　声
一、古　書
一、逍　遙
一、黒《こく》甜《てん》（昼寝）
一、軟《なん》飽《ほう》（飲酒）
一、竹　石

以上七味

そうするとだんだん「天真」が回生してきて、心広く体胖《ゆた》かになること受けあいである。大隠君今夏はことにシナ事変と共に、その後の内外症状について心配でならぬことが数々ある。とっくり思案して、大陸専門の藪井竹庵会に提議せねばならぬ案件もあって、かたがた友人の懇情のままに信州山奥の禅寺にある山紫水明院に入院し、大隠変じて山に隠るる小隠と化したしだい。ただしなにぶん病夫のこととて山語も散語というた方が当っておろう。

二

夜雨は私の好きなもので、夜雨を詠じた詩はいくつも愛誦しているが、昨夜久々に山中の夜雨を聴いて、しばらく眠れなかった。

孤燈　寒焔耿《かんえんこう》たり
此《こ》の一窓を照らして幽なり
臥《ふ》して聴く簷前《えんぜん》の雨
浪《ろう》々　殊《こと》に未《いま》だ休《や》まず

誰の作であったか、朱子はこれを「此れ眼前の語と雖《いえど》も然《しか》も心源澄静なる者に非《あら》ずんば道《い》ふこと能《あた》はず」と評していた。この頃、自分の心源もいくらか澄清になってきたのかと思われることもある。あるいはぼつぼつ中年か初老か独得の「物の味」に浸るようになったのかも知れぬ。確かに若い時の浮々したところが善かれ悪しかれ失せてきたようだ。やがて「世短かくして意常に多し」と陶淵明《とうえんめい》の歎じたような気持を同じく深くしてゆくに違いない。つまり古人の窠臼《かきゅう》（鳥の巣）に落ちてゆく自分がよくわかる。——なぜと考えているうちに眠ってしまったのである。

三

熟睡して朝まだき起きた。山々は霧たちこめて、渓（谷川）の音が高い。庭に出て、試みに葉末の露を硯にうつして朱をすってみた。朝な朝なの一時を『易《えき》』や『左伝《さでん》』を読むことにしているが、これで今朝は朱注を入れた。朱子の注ではない。朱をすって勝手な感想を書き入れたのである。こんなことも他人の窺知《きち》できぬ大きな生活内容と思う。

暁起　山房　雲霧濃《こ》まやかなり
渓《たに》を隔《へだ》つる　樵蹊《しょうけい》　仙蹤《せんしょう》に似たり
陶泓《すずり》　露を移して　周易《しゅうえき》を註《ちゅう》す
杳《はるか》に聴く前林　古寺の鐘

などと詩を作る。誰に書いてやろうかと思う。やっぱり何かに人こいしいのであるが、さてその人だ。

四

書に倦《う》んで散歩していると、石多い渓流に悠然と釣《ちょう》を垂れている十五六の少年を見た。

遠くから見ていると妙に趣きがあって、その少年が何だか哲人の卵のようにも思われる。私はふと濂渓《れんけい》に釣している茂叔《もしゆく》少年を連想した。それからふっと王安石《おうあんせき》のことを思い出した。確か『鶴林玉露』で読んだことがあると思う話であるが、何しろあの負けず嫌いの王安石が少年の頃、当代の誰にも満足できない揚句の果に、周濂渓先生の門を叩いて刺を通ずること三度に及んだが、どういうわけか三度とも謝絶され、安石は恚《いか》って、俺は独り勝手に六経を相手にやるさ。お世話にゃならぬ——とそれから復《ま》た訪ねなかったという。『鶴林玉露』の著者羅大経《らたいけい》は、濂渓は、安石が自信の篤い、自負心の高いことを知っていたので、少しくその鼻っ柱を折ってやろうという考えであったろうが、二度謝絶するのは好いが、三度まではひどい。もし彼を接見して、その光風霽月《せいげつ》といわれる風格に沐浴《もくよく》させることができれば、恐らく彼をしてその偏屈を救うて、他日政権を執《と》った際に、あんな煩瑣な新法を行うて、多くの人物を敵に回すようなことをせず、天下の民衆が大いに助かったであろう。それというのも天命かと嘆息していたが、どうして周先生が三度まで会わなかったか、必ずしも羅氏のようにきめるわけにもゆかぬが、とにかく忘られぬ話である——などと考えながら魚釣りを見ていたけれども、一向魚もかからず、退屈して去ってしまった。（昭和十三年七月）

五　江湖《こうこ》樽夫《そんぷ》・瓠堂《こどう》のこと

前には小隠山語（散語）のようなものになってしまったが、小隠山水の縁尽きて、復《ま》た都に返らねばならぬことになった。七月、山庵に著《つ》いた頃はまだ薄《すすき》が穂に出ておらなかったのであるが、いつしか尾花の秋情に得堪《た》えぬ姿に伸びて、

山は暮れ　野はたそがれの　薄かな

の名句をしみじみ思わせるのであった。これに別れるだけでもつらい。

ゆく秋の　四五日弱る　薄かな

という丈草《じょうそう》？　の句を覚えているが、もう四五日で山を下るという頃は、薄よりも小隠先生の方が悄気《しょげ》てしまった。

かつて「石仏」だとか、「先生に子があるのか」などという人もあると聞かされた大隠君であるが、世間の人は何とわからぬのであろう。大隠君、実ははなはだ煩悩の深い性来で、

好きな小鼓のポーンという音や、戞《かつ》！　と鳴る大革《おおかわ》の音など、一週間ぐらい耳の底から消えなくて、夜半の読書の妨げとなる。芝居を見ても所作の善いとこなど目先にいつまでも散らついてならぬから、すべて芸事は見たり聞いたりせぬことを原則としている。山色渓声などはしばしば夢に通う。しかしそれは清くて好い。人の情になるとすでにつみである。宮本武蔵はその独行道の九に、「恋慕の思ひなし」と決定《けつじよう》しているが、自分から察するに、彼も恋慕の心深かったがゆえに、かえってこの心規を執ったのではあるまいか。胸中一恋字を排脱しさえすれば、それで十分清浄、十分自由だと『菜根譚《さいこんだん》』にもあったように思うが、よくわかる。この情緒を秘抱潜研せずに流露にまかせるものは甘くて厭《いや》だ。

一体大隠君、一面にまた志士国士扱いされがちであるが、この志士国士といわれることがまた大嫌い。どうも迹《あと》の目につくのはおもしろくない。仏法にも「応無所住而生其心、まさに住する所なくして其の心を生ずべし」という名言がある。志士国士は実に貴いのであるが、志士国士と評されぬ志士国士でありたい。世間から志士扱い国士扱いされるのは、まだ自分ができておらぬ証拠のように思われて慙《は》づかしくてならぬ。慙づかしいよりもどうかすると非常に厭になる。

『荘子』雑篇庚桑楚《こうそうそ》に「我れは其《そ》れ杓《てき》の人か」という歎きがある。杓は標的で、自分は衆の目につくような人間に過ぎないかとなさけなく思うのである。それに世には「いわゆる志士国士」なる者が少なくない。英国のジョンソンは、愛国心は無頼漢の最後の隠れ家なりと喝破《かつぱ》しておる。わが国でも狡猾な輩がたてこもるトーチカに忠君愛国と敬神崇祖とがあって、淫奔の男女が僧になったり尼になったりすると同様、君国や祖宗を冒瀆する。もったいないことである。そこにまた君国や祖宗の有り難さ――慈悲というものを感じられるが、それだけなおさら以《もっ》て罰あたりである。私ごときは世の人々から何にもこれという名は頂戴したくない。肩書称呼など無用である。親からつけてもらった「安岡正篤《やすおかまさひろ》」で結構である。正篤などとは善すぎると思うが、正篤なれという親の尊い願いと思えば懼然《くぜん》として拝承するばかりである。しかるに私は正篤の名とはちょっと調子の違った、たった一つの号をもっておる。それは「瓠堂《こどう》」という。何の意味かとよく尋ねられるのであるが、「無用の用」というほどの意味である。

恵子《けいし》が荘子に話した――「魏《ぎ》王から大きな瓠《ひさご》の種をもらったので、播《ま》いておいたら成長して、五石ぐらいはいる実がなった。水を容れると重くて挙《あ》がらないし、剖《ひら》いて瓢(ひしゃく)にすれば、だだっぴろくて水がこぼれてしまう、何とも用いようがないから、うちわってしまった」。

荘子は、「夫子《きみ》はまことに大を用うるに拙《せつ》だ。宋人にひびやあかぎれの薬をつくる者があった。代々綿をさらす家業を営んでいたが、ある旅人がその薬の製法を百両で買おうと申しこんだ。びっくりしたその男は身内を集めて、こんな家業ではなかなかまとまった金はとれぬのだから、いう通りに売ろうではないかと譲り渡してしまった。その旅人はこれを得て、たまたま呉越《ごえつ》の争いに乗じ、呉王に説いて従軍し、越軍との水戦に大勝を博して、その賞に領地をもらった。同じひびあかぎれの薬をつくっても、一は大名となり、一は綿さらしに終る。それは用いかた一つだ。今子《きみ》に五石の瓠があるなら、大樽にして江湖に浮かぶことを考えればいいではないか。何故だだっぴろくて水がこぼれるようなことを心配するのか、まだ蓬心《ほうしん》があるね」とさっそく酬いた（荘子・逍遙游）。蓬心とは文字通りこせこせ曲りくねっている心である。

瓠堂——江湖樽夫《こうこそんぷ》、気に入った号なんだが、これがどうやら讖《しん》をなして、五石の瓠でもない私が、大樽ともいえぬ小樽で江湖に浮游する身となってしまった。呵々《かか》。

『禅海一瀾』の結語に曰《いわ》く、「何が故ぞ人無きに独語す。其《そ》の鄙《ひ》なること鼠の如し」。（昭和十三年八月）

六　江湖遊談

一

大隠君前回はその唯一雅号瓠堂の意味を告白して、江湖尊者というと仏者と間違えられるから、わざと江湖尊夫（尊＝樽）などと洒落《しゃれ》てみたが、料《はか》らずその通り江湖に樽浮せねばならぬことになって、この筆を執る今夜すでに大連《だいれん》航路ウスリー丸に乗って高松沖を航海しているのである。やがて天津北京に歴遊していったん帰京、年内に復《ま》た日本を離れて欧米に放浪するであろう。しからば大隠市語もはやその実を失って江湖游談というようなことになるわけである。

二

人間に旅ということがなかったならば、どんなにかつまらなくなるであろう。旅は憂きものと詠嘆されているが、これほど有情なものはない。人の情緒というものは年頃の娘が死にたがるようにさびしがりたいものである。そしてあらゆるさびしさの中で、旅ほど人の情緒を捕えるものはない。旅情はもっとも擦《す》れっからしの人間をさえ幼児のように人懐《な》つっこくし、恩讐を忘れさせて、時に仇をさえなつかしく思わせる。

その旅の中でもまた船の旅ほど感傷的なものはない。暮色蒼然たる港の夕、燈火がチラチラまたたき始め、汽笛が波を潜って波間に拡がるのを聞きながら、舷《ふなべり》にしょんぼりたたずむなど堪《たま》らない情味である。こういう時、港の家々は限りないローマンスに満たされて、人の世に怒りや呪いのあろうとは思われぬ気がする。そこへ「同舟佳士《かし》有り。袂を擁して細かに文を論ずる」ようなことがあれば、どんなにかうれしいであろう。

旅を愛する人はどこか純情な人だと思う。一体人生が一つの旅だ。李白《りはく》は天地は万物の逆旅《げきりよ》（はたごや）、光陰は百代の過客《かかく》（たびびと）なりといっている。せっかくの一生を金や位を求めてあくせく熱中してくらしてしまうなど、なんという心ないことであろう。それは旅人の中でも最も俗悪な行商人となるにひとしい。

仏家は「孤舟倶《とも》に渡るすら猶《な》ほ夙因《しゆくいん》（先の世からの因縁）有り」といい、「一樹の蔭に宿り、一河の流を掬《く》むも皆是《こ》れ他生の縁なり」と教えている。何とかイズムなんというようなものは、世の中を悪くこそすれ、決して善くはせぬように思うが、こういう心持こそ直に人間を救うものである。旅は好い。われわれのように是非の論のはげしい境涯にいる者ほど旅をするが好い――などと黙想に耽《ふけ》りながら舷に憑《よ》っていると、潮風にしっとり着物の湿っているのに気がついて室に返った。（昭和十三年十月）

七 虚舟漫想

一

玄海灘《げんかいなだ》に出てから船は台風を追尾したために猛烈に動揺する。左に傾き、右に傾き、押し上げられるかと思うと、吸いこむように落される。船客はみな堪えられなくなって寝こんでしまった。夜食に出ても食堂は寥々《りょう》として人の影もない。私はボーイに頼んで酒を取りよせ、しきりに独酌を重ねながら、「酒尽きて壺自ら傾く」という淵明《えんめい》の句を想い出し、船がおのずから壺を傾けて、しばしばこぼれるほど酌をしてくれるこの夜の光景を、淵明在世ならば書いてもやりたいなど考えながら、すっかり酔ってしまった。酔って陶然として椅子に倚《よ》りながら、身を波浪の翻弄《ほんろう》に任せておると、まるで夢幻のような気がして、案外悪くない。浪と一になるからであろう。浪にたがおうとするから船酔いするのである……

ウッラウッラしておると、キャッキャッという子供の笑声にふと気がついた。見ると、五六歳の子供が二人、船の揺れるたびにフラフラするのを喜んで跳ね回っている。父親らしいのが蒼《あお》い顔をしながら辛うじて引っ張り寄せ、船室に返って往《い》った。実におもしろく思われた。

君見ずや東家の老翁　虎患《こかん》を防ぐを
虎　夜《よる》　室に入って其の頭を啣《ふく》む
西家の児童　虎を知らず
竿を執つて虎を駆《か》ること牛を駆るが如《ごと》し

と陽明の「啾《しゅう》々吟」に詠じている。無心の妙用である。同じ吟に、身を虚舟に比しているが、向うの方からツーと流れてきた舟がドンとこちらの舟にぶつかってしまった。

コラーッ！　間抜け奴《め》！　と船頭威《い》たけ高に怒鳴《どな》りつけたが、何のことだ、その船には人が居ない、虚舟である。虚舟はまたクルリと回ってスーイスイと流れてゆく。どうしたのだい、あれは？　とテレクサそうに船頭は呟《つぶや》いている――荘子のどこかにあった寓話だ。

吾輩も随分人世の流れに漂うて、あちこち絶えずぶっつかってきたものだが、大過もなく今日に及んでいるわけだ。やはり一の虚舟といってもよかろう。虚舟、この号もおもしろいな――。
それからそれへと連想に耽っているあいだに酒が醒《さ》めかかってきたので、蹌踉《そうろう》と船室にかえった。

二

大連で乗りかえた北京丸が天津の白河を徐々に溯航《そこう》してゆく。泥を乾かし固めたような民家を両岸に望見しながら、土民という熟語の実に好く妥当していることを感じた。岸辺に浮かんでいる舟の女が子供に河の濁水、それもまったく泥を溶《と》いたような文字通り泥水を平気で呑《の》ませている。あきれたものだ。衛生も糞もあったものではない。日本のどんな田舎の百姓でもこの芸当はできない。だから往々にしてシナ庶民の少年死亡率は八十パーセントに上るという。しかも彼らは魚類のごとく増加するのである。ダーウインを辟易《へきえき》させる民族だと考えながら、英吉利《イギリス》や亜米利加《アメリカ》、また我が国の大規模の工場建築のあれは何、これは何と説明されるのを独り別な感情で眺めた。
たえず白人を悩ましているユダヤ民族も、シナ人にくらべると問題でないような気がする。彼らも古い歴史をもつ民族である。パレスチナにユダヤ文化の華を誇ったのは紀元前千年にも近かろう。紀元後間もなくローマに亡ぼされ、パレスチナを失うてより今に二千年。世界いたるところに流寓し、深恨宿怨を忍びつつ、学問に芸術に経済にひたすら独自の天地を建設しては迫害され抗争している彼らの数は千五六万に過ぎまい。

シナ人は依然として尨大《ぼうだい》な土地をもち、幾億の人口を擁し、独特の文化を育て、恩讐の外に優游《ゆうゆう》しているかに見える。この民族に直接して、我が国は今後いかにせんとするか。軽薄なる対支工作と興亜主義ジャーナリズムに私は怏《おう》々として楽しまざるものを覚える。

上陸後、曹汝霖《そうじょりん》・靳雲鵬《きんうんほう》・呉佩孚《ごはいふ》のような旧勢力の代表的人物から現政府の諸要人、さては夏蓮居・銭稲孫《せんとうそん》のような各種の学者教育家など、京津の間に往来して談論に日を重ね、天壇や昆明の秋色を探って感慨無量なるものがある。その無限心中のことはしばらく秘抱して虚舟を欧米に漂わすこととする。（昭和十三年十二月）

八　濤わづらひ

大隠君もシナに上陸してからは、日となく夜となく忙殺され、帰京後はまた洋行の雑事に煩わされ、行李《こうり》の始末もそこそこに、要りそうなものを盲滅法にトランクに抛《ほう》りこんでわけわからずに年末、欧州航路の照国丸に乗りこんだ。そのために続稿もとうとう出し切れなかったしだいである。それでも上海まではまだ見送りや出迎えで落ち着けなかったが、いよいよ船が上海を出て南下し始めると、始めてホッと我れに返って、なんともいえぬくつろぎを感じた。とにかくこれで少なくとも三十日ほどは雲と水とを見てくらすのだ──と舷に倚《よ》ってうっとりしていると、

唯有雲濤伴散人　　　唯《た》だ雲濤《うんとう》の散人に伴ふあり

と一句浮かんだ。

乗槎萬里脱風塵　　　乗槎《じょうさ》万里　風塵を脱す

と起句をつける。ありのままだ。

　時事紛々君莫競　　時事紛々《ふんぷん》　君競ふなかれ
　栖々萬國共迷津　　栖《せい》々《いそがしく》万国　共に津《しん》に迷ふ

と出てきた。

　乗槎萬里脱風塵
　唯有雲濤伴散人
　時事紛々君莫競
　栖々萬國共迷津

　腹中実感を存して、推敲せぬことにする。こういう時にしばらくお国文学は閑却して、平生あまり好かぬ蟹行《かいこう》文字を読んで、頭の模様がえをするのもおもしろかろうと、英文随筆、英詩など二三冊とり出した、その中の詩集を気の向くままにあける。

　Sea Fever　シィー　フィーヴァー　海のあこがれ、もっときつい言葉だ。Feverは熱病だから。おもしろいかも知れんと思って読んでみる。ジョン・メースフィールド　John Masefieldという人の作である。

　(1)　I must down to the seas again, to the lonely sea and the sky,

And all I ask is a tall ship and a star to steer her by,
And the wheel's kick and the wind's song and the white sail's shaking.
And a grey mist on the sea's face and a grey dawn breaking.

題を「濤《なみ》わづらひ」と訳すことにする。漢訳すれば「新帰去来辞」とでもいうところである。「滄海熱《そうかい》」「煙波《えんぱ》の疾」なども好かろう。

(1)
返りなん　またかの海に
寂寥《しずか》なる　水と青空
我が思《も》ふは　そそり立つ船
柁《かじ》執りて　仰ぎ見る星
舵輪《だりん》拍《う》つ　濤《なみ》のあらがひ
風の歌　白帆のそよぎ
或《ある》はまた　海面《うなも》を罩《こ》めて
たち迷ふ　霧とあけぼの

(2) I must down to the seas again, for the call of the running tide
Is a wild call and a clear call that may not be denied;

And all I ask is a windy day with the white clouds flying,
And the flung spray and the blown spume, and the seagulls crying.

(2)
返りなん　また彼の海に
我を呼ぶ　潮流の声
飾らざる　さやけき響
そを聞けば　行かであるべき
我が思《も》ふは　白雲駛《はや》き
風の朝　高散る飛沫《しぶき》
浮漚《うたかた》や　鷗のさけび

(3)
I must down to the seas again to the vagrant gypsy life,
To the gull's way and the whale's way where the wind's like a whetted knife;
And all I ask is a merry yarn from a laughing fellow-rover,
And quiet sleep and a sweet dream when the long trick's over.

(3)
返りなん　また彼の海に
定めなき　さすらひの旅

利刃なす　風吹くところ
鷗飛ぶ　青海原や
鯨ゆく　八重の潮路
我が思《も》ふは　さすらふ同志《とも》の
高笑ふ　樂しき譚《はなし》
長々し　勤めの後の
甘き夢　静けき眠

船に乗って万里の海を航しながらこの詩を読むと、いかにも実感が迫る。この情思がないと海員にはなれまい。香港、シンガポール、ペナン、好い港をよくも英人はみんな取ったものだ。もちろんどれも始めから好かったのではない。香港は今こそこれを失うとロンドン財界が危いといわれるほどであるが、元はといえば、広東湾口の一小島、寂寞なる漁村があったに過ぎない。清朝の末西紀一八四二年の鴉片《アヘン》戦争でこれを奪い取ったのである。これより先、和蘭《オランダ》がものにすることもできたのであったが、彼は澳門《マカオ》を取って、今はとんと振わない。

新嘉坡《シンガポール》とて、東洋の十字路といわれるが、マレー半島南端の一小島に過ぎず、一八一九年に英人のスタンフォード・ラッフルスが開いたに始まる。シンガポールとはサンスクリットで獅子村《しし》という意味と開けば、思い半ばに過ぎよう。ペナンもその蛇寺にふさわしい蛮地に過ぎぬ。それをいち速く炯眼《けいがん》にもその重要性を看取して、着々経営を進めたのは、なんといっても彼ら海国健児の魂の所産である。日本も今なお船に乗るといえば心配そうにするようではなさけない。日本の貴族富豪達も、せめてヨットに乗って南洋を押し回ったり、猛獣狩りにアフリカ跋渉《ばっしょう》をやったり、アラビア砂漠の縦走でもして、小アジアあたりを漫遊してくらすような人をどんどん出してもらいたいものだと思う。濤《なみ》わずらいはおろか、南洋病、アラビア狂、アフリカ癖など、さまざまなものがあれば好い。歌一首。

紅海を　わが越えくれば　埃及《エジプト》や　ないるのわたり　星の影さゆ　（昭和十四年一月）

九　西洋文明論

上陸以来、旅のつれづれにたびたび筆を執るつもりでいたところ、案に相違してほとんど暇というものがなく、ときどき友人知己に絵葉書を出すぐらいが関の山であったが、ベルリンを出て、ナチス創建の思い出の地であり、昨年チェンバーレン、ヒットラー両雄の会商で有名なこのミュンヘンにきて、たまたま半夜の閑を得たから、思いついて続稿する。時あたかもイースター（復活祭）の日曜で、ホテルの階下はダンスで賑かなことであるが、これは大隠君の大嫌いなものであって、自然「西洋人論」を始めようと思う。

正月以来イタリーから、スイス、フランス、イギリス、ベルギー、オランダ、ドイツといろいろな国々の風俗人情を観察して、何かと感じたり考えたりすることが多い。

日本人から観ると、一体西洋人は猛獣から原人に、原人から文明人にと、真直ぐに進化してきた人間のように思われる。男も女も骨格ががっしりして実に肉づきが好い。進歩的な「男」よりも比較的保守的な「女」を観察すると、一番よくわかるが、西洋の女は男と大して変らぬ体格容貌をもっている。少なくとも日本のに較べると著しくこの点を感ぜられる。そしてばかに乳房と臀部とが大きく出張っておる。最初は衣服の下のその部に何か入れているのかと思ったが、そうではないそうで、事実また西洋独特の裸体画彫像の類を見ても、醜悪なほど太いものが多い。それが「襦袢に腰巻」の進化した程度のものを身に着け、上流階級ほど夜会などには腕や胸や背中をむき出しにした服装に、虎や熊の毛皮をぞろりと着こみ、踵の高い靴(これがどうも蹄《ひづめ》のように思われてならぬ)を穿《は》いて、耳飾りをぶら下げ、唇をさながら獲物を屠《ほう》った後のように真紅にして、男を随えてノッシノッシ歩いてくる。頭髪がまた蓬頭乱髪で(この頃はまた髪を束ねる風が流行し始めている。好いことである)被っている帽子がおよそふざけたものばかりである。有名な漫画家のウェブスターがある日ニューヨーク・ヘラルド・トリビューンに「白痴猿《こけ》的帽子」と評していたが、心あるものの感ずることは東西ともに変りない。爪を真紅に染めるなどもなんという悪趣味であるか。獲物の身体に爪を立てた後といわれても致し方があるまい。西洋婦人は若い時は概して色白で、つややかで、美しいと思われるものも多いが、非常に早く老いるようである。少し年をとった女になると、まったく中性化し、鬚髯《しゅぜん》ボーボーたる者が少なくない。

こういうと、なんだか非常に西洋婦人をこきおろしたようであるが、もちろん好いところも大いにあろう。大隠君の感ずるところでも、一般に彼女たちは理智的な輝きをもっておる。そこになると、日本の女は理智というものを置き忘れたような者が少なくない。だから「白痴美」などといわれるのである。しかし真の女性は、理智より直観に豊かでなければならぬ。智が情趣のうちに輝かねばならぬ。それはやはり西洋には求められないような気がする。

男も西洋人は眉目が迫って、精力的、理智的、機械的で、どうも勝れた動物という感が強い。彼らはいたるところ、ライオンや鷲を好んで、この彫刻を作り、装飾に使っている。自ら語るものではなかろうか。

食物も一般に単調で変化に乏しい。パンにバター、スープ、牛肉、羊肉、鶏肉、鵜鳥肉などを千篇一律の調理法で喰っており、魚肉は貧弱かつ粗味で、海岸近傍の都会の贅沢《ぜいたく》食とされる蝦や鮭を除いてはあまりうまいものはない。果物も野菜も日本などから見ればほとんど問題にならない。食器のナイフ、フォークも、腰の刀に手づかみの変化したものと聞いたが、正しくしからん。ただその実用的でさっさと食事をかたづけてゆくところなどは、いささか日本人のいつまでも埒《らち》の明かぬのに較べて学ぶべきところなしとせぬ。

日本では近来あまり食に淫してはおるまいか。菓子類のごときもあまり多過ぎ、かつ食べ過ぎる。間食もひど過ぎる。ことに子供において戦慄すべき悪影響を覚える。

建築はさすがにどっしりと好いものがある。日本の近代洋式建築など欧州から見れば正しく安工場的建物としか見えぬであろう。気品もなければ趣味もなく、また価値もない。調度品も、椅子にしても、絨毯《じゅうたん》にしても、惜しげもなく佳い品を使っている。これみな世界の植民地から搾取した結果だとひがめばとにかく、日本洋式生活の貧弱さは争えない。

しかし、ベッドなるものはすこぶる不体裁なもので、背骨腰骨に悪いし、枕がブヨブヨで不愉快千万である。一番厭《いや》なのは土足のままで内外なく歩くことである。やはり動物の端的進化の一徴証であろう。

こういう民族が、非常に精力的に貪慾に機敏に、その理知と迫力と機械とをもってたえまなく活動しているのであるから、日本人もぐずぐずしていてはだめである。何によって彼らに拮抗するか。否《いや》、いかにして彼らに勝《まさ》ることができるか。これ実に深く味ある問題であると思うが。（昭和十四年三月）

十　海外の日本人

シカゴにきて久々に小閑を得たので、思い出してはまた続稿をしたためることにする。シカゴでシゴするのもカなり間ぬけた話ですが、忙しくて疲れてどうにもならなかったことを諒察していただきたい。

もう二週間もすれば今度の長旅も終って、太平洋に泛《うか》び出ねばならぬ。顧《かえり》みて感慨無量である。その無量の感慨の中に始終一抹《いちまつ》暗い思い出を残しているのは旅中に逢った日本人の印象である。欧米にいる日本人の中には、いたるところ少し変だよ‼　と首をひねらざるを得ぬような人物が少なくない。

パリ頽《くず》れとでもいうか、いかにも世紀末人のようなデカダン、それも欧米に陶酔できるようなどこか華やかなところはさらになく、疲れて、投げやりの、もうなんにも感激のできなくなった風の人間、これでいやに気位の高い――そんな人間がおるかと思うと、ナチ張り、――空元気ばかり盛んで、内容の一向ない、大言壮語してビールの大杯を煽《あお》っては好い気持になっている人間がおる。ロンドンではちょっと見ると人々がいわゆる英国紳士的に納《おさ》まっているが、英国紳士のような教養はまるでなく、あるものはただ英人自ら歎くところの“Financial-mended”の話ばかり。アメリカにくれば田舎成金の番頭のようなウンザリさせられる型が少なくない。

そういう人々に限って、必ず、わがフランス、わがドイツ、わがイギリス、わがアメリカを歎称して、わが日本に毒づいて止まない。なまじいの偏信短見を一所懸命に固守して、まるで喰い違っている議論をどこまでも押し通して、相手を了解しようなどとはしない。総じて無作法で、下品である。まず以《もっ》て正気の沙汰とは思えぬ――いわゆる神経衰弱だなと思われる種類の者が実に多いのである。もちろん同情すればできぬことはない。遠く故国を離れて、異境に流寓しているのである。しかも英人がアメリカに住んだり、ロシア人がパリにいるのとはまるでことが違う。衣服から食物から住居から言語、風俗、習慣すべてあまりに違いすぎる。山紫水明の自然そのものから雅潤な日本に較ぶれば、アメリカもヨーロッパも感覚の重圧ばかりで、内情は実にわびしい。心からしみじみすることは何もない。神経衰弱にもなろう。まして西洋人は一般に影の形に添うように男女相《あい》随うているが、日本人は概して子供のためやなにやかやで、親子夫婦相離れて単身寄寓している者が多い。胸中いうにいえぬ空虚ができ、神経に異常の生ずるも無理はないともいえるであろう。しかし要するにそれは同情――憐慰《れんい》に過ぎぬ。ニーチェじゃないが、同情――憐慰は弱者の道徳である。これしきのことで多く変調になってしまうようでは、日本の世界的発展などいかにして期することができようか。

半年か一年の旅にも、もう参ってしまって、いたるところ米を食べたがり、腐ったような刺身でも欲しがり、酸っぱくなった日本酒に顔をゆるめ、日本人の官衙《かんが》商店に飛びこんでは日本の古新聞を夢中になってあさり、そのくせ和服を着ることを恥ずかしがり、日本人といえば、淫売を買うもののような醜聞を残し、肝腎のところにケチケチしてつまらぬものに金を費《つか》う。そしてきまりきったところを回って、きまりきった人に面会を求めて、紋切型の挨拶をして、日本人はつまらぬと西洋人に腹で軽蔑せられている。日本人はもっと堂々世界を横行闊歩《かっぽ》して、アルプスの山村に別荘を持ち、ロンドンの社交界にも顔が売れ、パリのモンマルトルに風流を謳《うた》われるような金持貴族もあって好い。アジアやアラビヤに伝道して聖者と仰がれていたり、アフリカ探検をやってその冒険を宣伝されているような人間も欲しいものである。もう少し線を太くせねばなさけなくてしかたない。

今度の旅行中にたびたび聞いたことは、日本人であって決して日本人と一緒に旅などしてはならぬという説の多いことである。一体それは何故であろうか。私は半歳各地を細野軍治氏同伴で歩いていると、それでなんともないかなどと恐る恐る尋ねて見るような、二人が快然として旅をしているのを不思議でならぬように思う者などが一再でなかった。海外に在住して、一番厭《いや》になるのは実は日本人だという日本人がいかに多かったことであろう。そういうことを聞くたびにいつも私は暗然となった。

要するに——私は信ずる——近代日本人は何よりも心の養いが足りないからだと。大志がない。したがって鍛練がない。感傷的で、いわゆる人間が甘い。理屈はいうが、覚悟ができておらぬ。生活のこせこせしたことにも心を奪われて度量が小さい。何かの刺戟《しげき》にすぐ昂奮して、あさましく、怨みがましい。彦—媛、ひこ—ひめ、日子—日女ではないか。もう少し闊達《かったつ》明朗にならねば、お伊勢さまに対しても相済まぬとつくづく思う。「学は固辞を防ぐ所以《ゆえん》、礼は卑行を文《うつく》しくする所以」と聞く。何がための文明ぞ。大隠君思わず慨歎を発したが、もうこの辺でやめよう。夜正に十二時を過ぎて、ミシガン湖の波の音が聞える。（昭和十四年五月）

編集後記

ここ数年来、黎明書房の高田利彦社長から懇請されてきた安岡正篤先生の随想録が、ここに漸く上梓の運びとなった。黎明書房は戦後間もなく力富阡蔵氏が創立された、教育関係書で知られた出版社で、昭和三十六年には安岡先生の『東洋的志学』(昨年『東洋の心』と改題して復刊)を刊行している。

力富氏は、本業のかたわら愛知県師友協会の事務局長を担当された、県同人の背骨ともいうべき先達であった。三年前に長逝されたが、安岡先生に対して渝《かわ》らざる孺慕の情を抱いてその生涯を了《お》えた有道の士である。同氏が主宰された黎明書房から本書が刊行されたことは、まことに因縁の浅からざるものを感じる。

本書は主として全国師友協会の機関誌『師と友』に先生が執筆された随想からなっており、他に『クボタ月報』『財界』『史』『大凡』等に寄せられたものを収録した。執筆された時期は概ね昭和二十五年以降であるが、例外として戦時中の「秋の夜――新秋声賦」と「大隠市語」とが入っている。「大隠市語」は、九州農士学校の機関誌『愛日』に十回にわたって寄稿されたものである。

本書は、先生亡きあと相次いで刊行された講演筆録とはまた趣きを異にして、先生みずから執筆されたものであるだけに、文章が簡勁で含蓄が深く、風神躍々として人に迫るものを感じる。長年、編集長・事務局長として側近に侍した御縁により、いささか感想を述べて解説に代えたい。

一

本書の題については、いろいろ思案をめぐらした末に、武馬《ぶま》編集長とも相談して「天地有情」とすることに決定した。

先生は有情ということばがお好きであったが、同じ情でも、あらわな感情の流露よりも優情、幽情を愛された。この場合の優は「ゆたか」とか「ゆったり」、幽は「ふかい」とか「しずか」と解すれば当っているであろうか。先生自身も「情緒を秘抱潜研せずに流露にまかせるものは甘くて厭《いや》だ」（本書二七四頁）と述べておられる。その圧縮されたエキスのように密度の濃い文章をストイック（克己主義的）と評した人もある。私には卒読してもすぐには会得できず、再三熟読して初めて理解することがしばしばであるが、よく玩味して行間の深意を汲めば、新たな肝銘と限りない示唆をあたえられるのである。

かつて先生の詩に「忙裏の小閑、尊きこと命の似《ごと》し」とあった。本書の諸篇は、早暁・深夜に忙裏の小閑を偷《ぬす》んで執筆されたものである。それは、若き日から民族の興亡を論じた史書に親しみ、二度も世界大戦に際会した先生の体験を濾過したきびしい思索の結晶であり、意識の深層から発した直観の閃きともいうべきもので、経世の活学として人の心腸を潤《うるお》し、限りない沈静と慰藉《いしゃ》をあたえてくれるであろう。

二

先生は偉大なる道楽者であった——といえば、その意外におどろく人があるかも知れないが、道楽、道楽《みちたの》しということばの本来の意味において、人生の道楽者であったと思う。『論語』のなかに「これを知る者はこれを好む者に如《し》かず。これを好む者はこれを楽しむ者に如かず」(雍也)という名言がある。先生が作られた「六中観」のなかにも「忙中・閑あり、苦中・楽あり」の二句がある。先生はあれほどお忙しい日常の中に、ちょっとした暇を見つけて、随処に「壺中の天」を楽しんでおられた。

よく各地の同人から漢詩の添削を乞われていた。作りはじめたばかりで稚拙なものもあったが、そういう作品でも、ちっとも嫌な顔をしないで、低声で口ずさみながら赤鉛筆で添削された。出来の悪い個処など何度も舌頭に転じつつ、孜々《しし》として直しておられた。中には、あまりにひどい出来で、「こういうのを直すのは新しく創るよりも骨が折れるね」とこぼしつつも、結構楽しんでおられた。それまでにどんな仕事をしていても瞬時に頭を切り換え、添削だけに集中される。そんな時の先生は、あたかも傍に人無きが若《ごと》くであった。

先生は生れつき詩歌や音曲に対する感覚が異常に鋭敏であったらしい。「身内には多芸の人もあり、母は三味の名手であった」（二三六頁）し、先生自身も「好きな小鼓のポーンという音や、戛《かつ》！、と鳴る大革《おおかわ》の音など、一週間ぐらい耳の底から消えなくて、読書の妨げになる」（二七四頁）と述懐しておられる。そういえば、宴席で興が乗ると、「四條の橋」とか「黒髪」などお得意の小唄を三味線に合わせて唱われたが、それはしっとりとした情緒がこもっていて、先生ならではの音容と風格は周囲を魅了したものである。

いつの年であったか、日光での全国青年研修会で、先生みずから朗詠の指導をされたことがある。それは明治の御歌所長・高崎正風により伝えられた薩摩披講《ひこう》という流儀によるもので、歌は税所篤子《さいしょあつこ》（宮内省・権掌侍）の作「吹き上げて空にはしばし有明の峯より落つる瀧のもみぢ葉」であった。最初に先生が、かつて中国の要人から〝雲遮月《うんしゃげつ》〟と賞讃されたという、澄んで潤いを含んだ声で朗誦される。そのあとを受講生一同が声を揃えて一句ずつ繰り返し繰り返し教わった。孔子も「人と歌つて善ければ、必ずこれを反《かえ》さしめ、しかる後にこれに和す」（論語・述而）、よい歌に出会うと、繰り返し歌わせて、そのあと合唱したというが、併せて懐しく想い出されることである。

三

先生は優遊自適を愛された。平生の悠揚迫らぬ風姿動容は、真に優遊自適という形容がぴったりであった。常に遊学——学問の世界に優游涵泳《かんえい》することをこいねがい、講筵《こうえん》では自由な遊講を楽しまれた。「遊ぶということは、人間生命の自然の作用である。どういう理由でとか、なんのためとか、一切の条件抜きの、そうせずにおられなくて、そうするのが遊びである。何事も遊びにならねば本ものではない。……孔子も曰《いわ》く、芸に遊ぶ。人生も達すればすべて遊びである。『荘子』に逍遙遊を説いている。仏道も大乗は遊戯三昧《ゆげざんまい》という」（二四二頁）とも説いておられる。

先生若き日に旅行先から夫人に出された手紙にも「子供はウンと遊ばせ、健康第一、楽しまずんば何の人生ぞや」と書いておられる（先生の次女・節子さんが『関西師友』に連載中の「父の手紙」より）。

先生の敬愛された熊沢蕃山は息遊軒と号した。出典は『礼記《らいき》』のなかの「学記」で、「焉《これ》を蔵《おさ》め、焉を修め、焉を息《いき》し、焉に遊ぶ」である。晩年の先生は、この「四焉《しえん》」をしばしば講演に原稿に引用された。

「人いずくんぞ廋《かく》さんや」(論語・為政)、「吾れ隠すなきのみ」(同・述而)、先生が書かれたものを注意して読むと、先生は、これほど遊びの真髄に徹しておられたことがわかる。ただ私は先生の御存命中に、その微妙な消息をよく解することができなかった。肝腎なところが何一つわかっていなかったのである。今にして思えば、なんと迂闊《うかつ》なことか、生来の魯鈍はどうしようもないものである。

ともあれ徒らに過ぎたことに拘泥するのは愚かなことである。「歳月は暮れ易《やす》く、人生もまた暮れ易し。夫れ自ら念《おも》ふに、徳を学ぶはいまだ暮《おそ》からず」(呂覧)という。学ぶに如《し》かずである。逢いがたき師に逢《あ》えた勝縁に感謝し、いよいよ己れを尽くしてゆかねばならない。同時にこの一巻が弘く人々の座右に愛蔵され、人生の長程を旅する好伴侶となることを祈念してやまない次第である。

昭和六十三年七月一日　　山口勝朗

付記　この度の普及版刊行にあたり、書名を『天地有情』から『優游自適の生き方』に改めた。
(平成十八年十月一日)

著者紹介

安岡正篤

東洋政治哲学、人物学の権威。
明治31年、大阪市に生まれる。
大正11年、東京帝国大学法学部政治学科を卒業。
昭和2年、金雞学院、同6年に日本農士学校を設立し、
東洋思想の研究と後進の育成に力を注ぐ。
昭和24年、全国同志の輿望に応え全国師友協会を設立。
政財界指導層の啓発・教化に努める。
昭和58年12月、逝去。

〔主著〕
『支那思想及び人物講話』(大正10年)
『王陽明研究』(大正11年)
『日本精神の研究』(大正13年)
『老荘思想』(昭和21年)
『東洋的志学』(昭和36年、後『東洋の心』と改題、
普及版・平成12年)
『身心の学』(平成2年、普及版・平成11年)
『人間の生き方』(平成5年、普及版(新装)・平成18年)

〔講義・講演録〕
『活眼活学』(昭和60年)
『運命を開く』(昭和61年)
『三国志と人間学』(昭和62年)

優游自適《ゆうゆうじてき》の生《い》き方《かた》

2006年10月20日　初版発行

著　者　安《やす》岡《おか》正《まさ》篤《ひろ》
発行者　武馬久仁裕
印　刷　舟橋印刷株式会社
製　本　協栄製本工業株式会社

発行所　株式会社　黎《れい》明《めい》書《しょ》房《ぼう》

〒460-0002　名古屋市中区丸の内3-6-27 EBSビル
☎052-962-3045　FAX052-951-9065　振替・00880-1-59001
〒101-0051　東京連絡所・千代田区神田神保町1-32-2
南部ビル302号　☎03-3268-3470

落丁本・乱丁本はお取替します　ISBN4-654-01769-0